Herta Müller

〔德〕赫塔·米勒 著

刘海宁 译

Der Fuchs war damals schon der Jäger

狐狸那时已是猎人

后浪

贵州出版集团
贵州人民出版社

写给中国读者

对于我既往的全部作品，能在世界上人口最多的国度出版发行，这无疑是一种莫大的荣幸。我相信很多中国读者对西方文学的阅读和体验，会丰富他们的当下生活，甚至会使他们对人性的省察与对社会现实的感知，具有了"另一种技巧"。但我宁肯你们把我视为您身旁的一个普通写作者，你们都可能是我诸多书中人物的命运共同体。我们以相似的姿势飞翔，也极可能以相同的姿势坠落。

赫塔·米勒

于 2010 年 8 月 11 日

An meine chinesischen Leser

Ich fühle mich geehrt, dass meine bisher publizierten Werke in dem bevölkerungsreichsten Land der Erde erscheinen sollen. Die Erfahrungen, die Sie als chinesische Leser aufgrund westlicher Literatur machen, könnten im Hinblick auf Ihr Leben bereichernd sein. Sie mag Ihnen als eine neue Optik dazu dienen, den Menschen in seiner individuellen Beschaffenheit wahrzunehmen und sich seiner gesellschaftlichen Lebensumstände bewusst zu werden. Was ich mir persönlich wünsche, ist, dass Sie mich als eine Autorin Ihrer Nähe empfinden können. Vielleicht teilen Sie gar ein gemeinsames Schicksal mit manchen Figuren in meinen Werken: Beim Flug sind wir alle ähnlich, aber sehr wahrscheinlich gleichen wir uns im Absturz.

Herta Müller

den 11. August 2010

没关系，没关系，

我对我说，没关系。

——维涅狄克特·叶罗菲耶夫[1]

---

1 维涅狄克特·叶罗菲耶夫（1938—1990），俄罗斯作家。

目　录

苹果蚜虫的道路

一只蚂蚁在抬一只死苍蝇。它不看路，将苍蝇调了个个儿，然后爬了回去。苍蝇的个头比蚂蚁的要大三倍。阿迪娜抽回胳膊肘，她不想封住苍蝇的路。阿迪娜的膝盖旁有一块沥青在闪亮，它在阳光下沸腾了。她用手沾了一下。手的后面顿时拉出一根沥青丝，在空气中变硬，折断。

这只蚂蚁有一个大头针的头，太阳在里面根本没有地方燃烧。它在灼。蚂蚁糊涂了。它在爬，但是它没有生命。对眼睛来讲，它不是动物。市郊的草茎也像它一样在爬。苍蝇是有生命的，因为它要大三倍，而且被抬着。对眼睛来讲，它是动物。

克拉拉没有看苍蝇。太阳是一个火红的南瓜，很耀眼。克拉拉的大腿大大地叉开着，膝盖之间是她的两只手。小裤衩勒住大腿根的地方有阴毛。阴毛下面有一把剪刀、一卷白线、一个太阳镜和一个顶针。克拉拉在给自己缝一件夏天穿的短外衣。针时隐时现，线脚在前进。去你妈的在冰上，克拉拉说，她舔去手指上的血。她在骂冰，在咒骂针、线、线团的妈妈。克拉拉骂人的时候，所有东西都有妈妈。

针的妈妈是手指上正在出血的地方。针的妈妈是世界上最老的针，所有的针都是它生的。它在世界上所有缝纫的手上为它生出的所有的针寻找可以让针扎的手指。咒骂可以让世界变小，世界的上方悬挂着一个针块和一个血块。咒骂可以让线团的妈妈带着乱作一团的线窥视世界。

天那么热，你还骂冰，阿迪娜说，而且克拉拉的颧骨在研磨，她的舌头在嘴巴里敲打。每当克拉拉咒骂的时候，她的脸上总会有皱纹，因为在咒骂中字字都是子弹，可以用嘴唇上的话语击中东西，也包括东西的妈妈。

阿迪娜和克拉拉躺在被子上。阿迪娜身体赤裸，克拉拉只穿了一件游泳衣的小裤衩。

咒骂是冷的，咒骂不需要大丽花，不需要面包、苹果，不需要夏天。它既不是用来闻的，也不是用来吃的。咒骂只是用来搅动漩涡和平躺的，用来短时间地暴怒和长时间地保持安静的。它把太阳穴的跳动沉入手腕中，将深沉的心跳提升到耳朵上。咒骂会升级，会令人窒息。

如果咒骂中断了，那它从来就没有存在过。

被子在住宅楼的房顶上，房顶周围是一圈杨树，它们比城市所有的房顶都高，它们身着绿色的披挂。它们长叶子不是一片一片地长，而是满树满树地长。它们不沙沙响，而是飒飒响。杨树上满树的树叶像树枝一样竖着长，人们看不见木头。在什么都够不到的地方，杨树会切断炎热的空气。杨树是绿色的刀。

如果阿迪娜看杨树看得太久了，杨树会把刀从脖颈的一侧转到另一侧。这个时候脖颈就会发晕。她的额头会感觉到，没有一个下午能支撑杨树那么长时间，哪怕只有一棵杨树，光线不急不忙地消失在晚间的工厂后面。晚上必须尽快到来，夜晚或许可以支撑杨树，因为人们看不见它们。

在住宅楼之间，拍地毯拍碎了一天的时光，拍地毯声在房顶上回响，将拍打声相互交织，如同克拉拉在咒骂时将字词相互交织。

把深沉的心跳提升到耳朵，这个拍地毯做不到。

咒骂完后克拉拉累了。天空空荡荡的，弄得克拉拉的眼睛在光线的刺激下紧紧闭上，而阿迪娜的眼睛则睁得大大的，长时间地望着上方的空空荡荡。在上方，在绿色的刀够不到的地方，一根线从炎热的空气中绷到眼睛的里面。这根线悬挂着城市的分量。

早晨，一个孩子在学校对阿迪娜说，今天的天空和往日不大一样。这个孩子和其他孩子在一起的时候总是非常安静。他的两只眼睛分得很开，太阳穴因此而显得狭长。孩子说，今天早晨妈妈四点就把我喊醒了，她把钥匙给我，因为她必须去火车站。她出门的时候，我跟着她走到家门口。走过院子的时候，我在我的肩膀上感觉到，天空今天非常近。我完全可以把身体靠在上面，但是我不想吓着妈妈。我独自一人从院子往回走时，发现石头子儿都是透明的。我加快脚步。在家门口，门变样了，木头空了。我其实还可以再睡三个钟头，孩子说，但是我睡不着了，我猛地从床上惊跳起来，尽管我根本没有睡着。也许我是睡着了，但是我的眼睛是睁着的。我梦见我躺在阳光下的水边，肚子上有一个气泡，我拉气泡的皮，没有感觉到疼痛，因为皮肤下面是石头。风在吹，把水提升到了空气中，但是这只是一块有皱褶的布，而不是水，下面也没有石头，布的下面放着的是肉。

孩子说最后一句时把笑声带到了句子里，然后又带到了后面的沉寂中。他的牙齿有的发黑，剩下半颗，有的白白的，光滑滑的，像小砾石。孩子脸上呈现的年龄和他儿童的嗓音不相称。孩子的脸上有一股摆了很长时间变味的水果味。

这是在脸上扑了厚厚的粉直到扑粉和皮肤一样枯萎的老女人的味道。这种女人站在镜子前双手颤抖，涂口红却捅到了牙齿，然后在镜子下面端详自己的手指头。指甲被锉过，上面有白色的晕圈。

这个孩子在校园里和其他孩子在一起时，脸颊上的那块斑是孤独的爪子。它在扩展，因为有斜斜的光线落在杨树上。

克拉拉睡着了。她远远地睡走了，她在阳光下的睡眠把阿迪娜丢下成了独自的一人。夏日在拍打地毯中披上绿色的外壳。在杨树的飒飒声中，绿色的外壳是所有被遗忘的夏日。所有那些岁月，虽然还是孩子，虽然还在长大，但是仍然能感觉到，每一个日子到了晚上总会从边上掉下去。留着剪切成直角发型的孩童时光，城郊的干巴巴的泥巴，有轨电车后面的灰尘，人行道上挣面包钱的精疲力竭的高个子男人。

城郊通过电线和管道同市区联挂在一起，还有一座没有河水的桥。城郊两头都是敞开的，墙也是敞开的，还有道路和树木。城市的有轨电车喀啦喀啦驶入城郊的一端，工厂将烟雾吹过那座没有河水的桥。下方有轨电车的喀啦喀啦和上方的烟雾有时是同一样东西。在城郊的另一端，农田在啃噬，带着萝卜叶子跑出很远的地方。在它们的身后，白色的墙在闪亮。在它们和手一般大小的地方有一个村子。有羊悬空飘浮在村子和没有河水的桥之间。它们不啃食萝卜叶子。田埂两旁长着杂草，它们趁着夏日还没有过去在啃噬田埂。然后它们就会出现在城市的面前，舔舐工厂的墙壁。

工厂在没有河水的桥的前面和后面，工厂很大。墙壁的后面有奶牛和猪在嗷嗷叫。晚上，牛角和蹄子被焚烧，刺鼻的空气升腾进城郊。工厂是一个屠宰场。

早晨，天还没亮，公鸡开始打鸣。它们走过灰色的内院，如同街上那些筋疲力尽的男人，它们的模样都是一样的。

那些男人从终点站步行过桥。桥上，天空垂挂得很低。当天空呈现红色的时候，男人们的头发里便会冒出红色的冠子。城郊的理发师在给阿迪娜的爸爸剪头的时候说，对劳动英雄来讲，世上再也没有比鸡冠更好看的东西了。

阿迪娜向理发师打听过鸡冠的事，因为他熟悉每一个人的头皮和旋儿。他回答说，旋儿在头发里面，而毛发在鸡的身上就是翅膀。因此阿迪娜知道，每一个筋疲力尽的男人在一生中都要飞过桥一次。但是什么时候飞，没有人知道。

因为鸡曾经飞越过栅栏，飞之前，它们会在院内的空罐头盒里喝水。它们晚上在鞋盒子里过夜。当树木在夜里变凉的时候，猫会爬进那些鞋盒。

终点站在城郊那边，比没有河水的桥还要远七十步。阿迪娜数过步数，因为街的这边是最后一站，对面是第一站。男人们在最后一站慢腾腾下车，女人们在第一站急匆匆上车。在上车前女人们会跑几步。她们头上有一大清早被压乱的头发，肩上有飞舞的拎包，她们的腋下有汗渍。汗渍常常已经干了，留下一道白色的边。机油和锈渍在女人的手指上啃噬指甲油。在赶有轨电车的时候，她们的眼睛和下巴之间已经流露出工厂的疲倦。

当第一班有轨电车喀啦喀啦开过来时，阿迪娜会醒过来，在夏日的衣裙里感到寒冷。衣裙上的图案是树木，树冠朝下。女裁缝在做衣服时把布料弄颠倒了。

女裁缝住的是一小套两居室，地面是有棱有角的，墙壁是潮湿的，到处都起鼓了。窗户对着内院。一个窗户上靠着一块铁皮牌子，上面写着前进合作社。

女裁缝把她的房间称作是作坊。桌子上，床上，椅子上，箱子上，到处都是布料。地板和门槛上放的是布头。每一块料子上都别着一张写有姓名的纸条。床后面的一个木箱里放了一袋子布头。箱子上写有布头不可使用。

女裁缝在一个小本子里找各个人的尺寸。多年的顾客属于老顾客。很少来、偶尔来，或者只来过一次的顾客属于过客。如果老顾客自己带衣料来，女裁缝不需要在小本上记他们的尺寸。有一个和男人一样筋疲力尽每天都到屠宰场上班的女人，女裁缝每次都记下她的尺寸。她把尺子衔在嘴里，说，你要做裙子，应当去找兽医。如果你一年夏天比一年夏天瘦，那我的小本子上就只剩下你的骨头了。

这个女人一年中经常会给女裁缝带些新本子来。本子的封面印有生产队记录簿字样，横栏的上面印有活重和宰杀后重量的字样。

阿迪娜不能光脚在作坊走路。地上的废布料里有别针。只有女裁缝自己知道，怎么移动脚步才不会让针扎到。她一个星期会拿吸铁石在房间里爬一圈，于是所有别针就都会跳到她的手中。

阿迪娜的妈妈在试衣时对女裁缝说过，树头朝下了，难道你没有看见你把布料缝反了吗？当时裁缝完全可以把布料再正过来，因为布料只是用白线临时缝了一下。裁缝嘴里含着两根别针，说，衣服重要的地方是前面和后面，拉链是在左边，从我这儿看，下面就是上面。她低头把脸俯在地上。母鸡都是这样看的，她说。还有侏儒，阿迪娜说。阿迪娜的妈妈透过窗户朝内院看去。

街边的一个橱窗里陈列有十字架、锅炉管，还有锌做的浇花壶，它们依靠着放在旧报纸上，前面的绣花台布上有一块铁皮，上面写有前进合作社。

只要有轨电车驶过，十字架、锅炉管和浇花壶就会抖动，但是不会倒。

橱窗后面有一张桌子，上面有剪刀、钳子、螺丝。桌后坐着一个男人。白铁匠。他穿一件皮围裙，结婚戒指挂在围着脖子的一根线上，因为他的两只手都没有无名指。

他也有老顾客和过客。老顾客们说，他老婆死了很长时间了，他一直没有找到第二个，因为那个婚戒一直挂在一根线上。理发师说，白铁匠从来没有过女人，他戴这个戒指订了四次婚，但是从来没有完婚。如果橱窗里装满了十字架、锅炉管和浇花壶，白铁匠就会焊破旧的烧锅。

每当有轨电车从橱窗前驶过，十字架和锅炉管之间就有脸从车厢里探出来。浇花壶上的脸因为行驶、因为锌的光亮而呈波浪形。等有轨电车过去了，浇花壶上就只剩下踩得光滑滑的积雪的闪亮了。

阿迪娜的那件树梢朝下的裙子已经穿了好几个夏天了。她在长个子，因此裙子一年夏天比一年夏天短。树梢在所有的夏天都倒挂着，一直非常沉重。这位脸色羞涩的城郊姑娘走在人行道的边上，不断长高的树下。树影从来遮不住她的整个脸庞。树影中的脸颊清凉，而太阳下的脸颊则火热并且发软。阿迪娜在清凉的脸颊上感觉到了一根拉链。

　　一场暑雨，石头并没有凉下来，在内院里，一列黑黑的蚂蚁爬进石头缝。阿迪娜把糖水灌进圆毛衣针的透明软管里，然后把软管塞进石缝。蚂蚁爬进软管，一个接着一个，时而一个头，时而一个肚子。阿迪娜点燃火柴，把软管的两头烧软封住，然后把软管当作项链围在脖子上。她走到镜子前，看见项链是有生命的，尽管蚂蚁粘在糖上已经死了，每只蚂蚁都待在它们窒息死去的地方。

　　在项链里，每一只蚂蚁对看它们的眼睛来讲都是一只动物。

　　阿迪娜每个星期都去理发店，因为头发长得很快，而头发又不准遮盖住耳廓。在去理发店的路上，她会经过那个陈列有十字架、锅炉管和浇花壶的橱窗。白铁匠向她招手。她走进去。他给她一个用旧报纸做的提袋，里面是五月熟的樱桃，六月熟的杏子，夏天熟的葡萄，虽然它们在各个地方的花园还没有成熟。阿迪娜当时以为，报纸用的纸头可以改变水果。

白铁匠给她袋子时，会说，吃，抓紧吃，否则就坏了。她急急忙忙地吃。其实水果要坏，在白铁匠说话的时候就已经坏了。然后白铁匠会接着说，慢点吃，每咬一口都要慢慢地品味。

她在嚼，在吞，在看，看火焰在烙铁旁边闪烁，看锅底的洞如何被覆盖住、被填满。刚刚填满的洞亮晶晶的，亮得同橱窗里的锅炉管、十字架和浇花壶一般。如果火焰不舔舔锅底，死亡就会咬屁眼儿，白铁匠说。

有一天，那是在下午，阿迪娜戴着她的蚂蚁项链去剪头发。她在那面大镜子前的椅子上坐下，腿来回晃动。理发师把她的头发梳理到脖颈后面，然后把梳子放在她眼睛前挥，说，要么让蚂蚁滚蛋，要么你带着蚂蚁滚蛋。

房间的角落里有一个男人在睡觉。他的大腿上趴着理发师的猫。男人很瘦，每天早晨去屠宰场，走上桥的时候，头上都会有一个鸡冠子。他猛地从睡梦中惊醒，把猫顺着镜子扔到门前。我受够了屠宰场的那些死动物，他嚷嚷道，朝地上吐了一口痰。

地上到处是剪下的碎头发，那些彼此认识的削瘦不堪的男人们的头发。头发看上去很脆，有深灰、浅灰，还有白头发。头发密密麻麻的如同长在一块硕大的头皮上。一簇簇头发之间有蟑螂爬来爬去。只见头发忽而翘起，忽而沉下。头发有了生命，因为蟑螂在抬着它们。但是在男人的头上，头发则没有生命力。

理发师把剪子扔进拉开的抽屉里。这样我没法剪，他说，蚂蚁会爬到我的衣服里面。理发师把汗衫从裤子里拉出来，给自己挠痒。手指移开后，有红色的头发留在了肚子上。他骂蚂蚁的娘。那个屠宰场的工人在骂尸体的娘。忽然之间，镜子变得那么高，抽屉变得那么深，阿迪娜看见自己在椅子下面的脚正从房顶上垂挂下来。她跑到外面，那只猫正趴在门前的地上。猫的视线追随着她，猫有三只眼。

过了一个星期，理发师给了阿迪娜几颗糖。糖上沾满了头发，弄得舌头痒痒的。阿迪娜要把头发吐出来，理发师说，碎头发能把脖子弄干净。

糖果在嘴里发出咔嚓的声响。阿迪娜问，那个扔猫的男人什么时候会死？理发师往嘴里塞了一把糖，说，等到一个男人剪的头发能装满一袋子，结结实实的一袋子，等到袋子和那个男人一样重了，那个男人也就死了。我把所有男人的头发都放进一个袋子里，直到袋子结结实实地装满了，理发师说。我从不称头发，我称头发都是用眼睛。一年一年从每个人头上剪下了多少头发，我心里清清楚楚，他说。我用眼睛感觉重量，从来没看错过。他朝阿迪娜的脖子里吹气。

　　扔猫的那个顾客还能再来七八次，理发师说。虽然那只猫在那之后不吃食了，我什么也没说。我不愿意把一个拥有最后一点头发的多年老顾客轰到其他理发师那里去。他的嘴角拉出一道皱纹，一直切入脸颊。

　　克拉拉站在被子旁，穿着一件夏季小衫。她食指上的顶针在阳光下火烧火燎地亮。她的腿很有骨感，在试衣时只迈了一步，将腿抵到肚子的位置。这是一只只有骨头的鸟走路的姿势，它除了观望夏日，除了保持美丽，什么也不必做。不远处，带着刀的杨树在观望。克拉拉剃过的腋毛长出了新茬儿，在她的腋下就如同她正在谈论的男人的下巴。有风度的男人，她说，我还从来没有遇见过。梦想。

克拉拉笑了，她一翘一翘地拖着腿，愿望被阳光加热，在房顶下发晕。她的头对杨树的绿色的刀，房顶的檐，云彩的边，城市的边一无所知。也不知道这个阳光下的屋顶满是抬着死苍蝇的蚂蚁，也不知道这个阳光下的房顶不过是天上的一个小角。

树梢朝下的夏裙和脸颊上的拉链让阿迪娜很多年对衣裙感到害羞。她开始在女裁缝那儿用废布料的重量来衡量女人的生命。她经常过去，坐在那儿，只是看，将直视的目光对准每一个顾客。她知道，哪个女人的废布料会很快装满一袋，结结实实的一袋，重量差不多和这个女人一样重。她知道，这个屠宰场的女人还需要四件衣裙，然后就会死掉。

克拉拉从口袋里掏出一个有红斑的夏熟小苹果，把它放在阿迪娜的下巴下。顶针一闪，在苹果皮上浅浅地划出一条道子。小苹果，长把子，本来还可以继续长成苹果的那部分木质化了，长到了把子里面去了。阿迪娜对着苹果深深地咬了一口。吐出来，有虫子，克拉拉说。苹果的里面一道棕色的有碎屑的通道。阿迪娜咽下那一口和那个虫子。不就是一个苹果蚜虫嘛，她说，虫子长在苹果里面，其实就是苹果肉做的。它不是长在苹果里面的，克拉拉说，它是从外面爬进去的。它会咬出一个通道，钻进去，然后爬出来，这就是它的道路。

阿迪娜在吃。咬嚼的东西在她的耳朵里咯吱作响。它在外面干什么，阿迪娜说，它根本就是苹果肉做的，它啃噬白色的肉，拉出一条咖啡色的路。它咬出一个通道，然后死在苹果里，这就是它的道路。

克拉拉的眼睛没有化妆。天空空荡荡的，杨树的刀垂直挂着，是绿色的。克拉拉的眼睛不大，瞳孔在她的脸颊下寻找通往嘴巴的笔直的路。克拉拉一言不发，躺到被子上，闭上眼睛。

住宅楼的上方飘浮着云彩，白色的，已经风起云涌过了。在夏天死去的老人们还会在床和坟墓之间，在城市的上空停留一会儿。

克拉拉和夏日老人置身于同一个睡眠中。阿迪娜感觉到了苹果蚜虫在她肚子里的道路。它在大腿的里侧经过阴毛跑进腘窝。

手中的男人

女人的身后跟着一个影子，女人个头很小，斜斜的，影子保持着一定的距离。女人穿过草地，坐在住宅楼旁边的一个长凳上。

女人坐着，影子站着。影子不属于这个女人，就如同墙的影子不属于墙一样。影子抛弃了属于它们的东西。它们只属于已经过去的接近傍晚的下午。

在住宅楼最下面一排窗户前生长着大丽花，它们的叶子完全舒展开了，叶边因为炎热的空气而变得如同纸头一般。它们朝厨房和房间，盘子和床铺里面望去。

有一股烟从一个厨房窗户里飘出来，飘向街上，烟有一股烧糊的洋葱的味道。炉子上方挂着一张壁毯，林间空地和一头鹿。鹿是棕色的，和桌子上盛面条的漏篮的颜色一样。一个女人正在把一个木勺舔干净，一个孩子正站在一把椅子上哭。孩子的脖子上围着一个围嘴。女人用围嘴擦去孩子脸上的泪水。

孩子已经高得没法站在椅子上，已经高得不能再戴围嘴了。女人的胳膊肘上有一块青紫色的斑块。一个男人的声音在叫喊，洋葱烧糊了，你在灶台就像一头母牛，我要出去闯荡，走到哪儿算哪儿。女人看着锅里，朝烟雾吹去，轻轻但却坚定地说，要走就走，把你那些乱七八糟的东西全装进箱子，到你妈妈那儿去。男人揪住女人的头发，打女人的脸。于是女人哭泣着站在孩子身旁，于是孩子一言不发，看着窗户。

你有一次在房顶上，孩子说，我看见你的屁眼了。男人朝窗户外面的大丽花啐了一口。他光着膀子，胸口上有青紫色的印迹。这有什么好看的，他说，看我不朝你的眼睛啐唾沫。唾沫落在人行道上，唾沫里有葵花子。钻进来往外看，你看到的会更多，男人说。孩子笑了。女人把孩子从椅子上抱起，抱在自己的胸前。你笑，你长大，女人说，等你长大了，他就把我打死了。男人轻声笑了，笑声接着又大了起来。那次你是和孩子一块儿在房顶上，女人说。

人行道上每一步都有痰、瓜子壳和烟屁股。时不时地还有被折坏的大丽花。一块道边石上有一张学校练习本的纸头。纸头上写着：蓝色拖拉机的速度是红色拖拉机的六倍。

学校的作业，字母都变成一个字落在后背上，接下来落在脸上。孩子手指上的疣，疣上面的脏，一串一串灰色浆果般的疣，火鸡脖子一般的手指。

疣也会通过物体传染，保尔说，它们会在每个人的皮肤上传播。阿迪娜每天都会触摸孩子的本子和手。粉笔在黑板上书写，每一个写下来的字都有可能变成一个疣。孩子们的脸上是疲倦的眼睛，他们没有在倾听。然后钟声响了。在教师专用厕所里，阿迪娜对着镜子看自己的脸和脖子，她在找疣。粉笔在手指上侵蚀。

在一串一串的疣中有抓、撞、踩踏、压和推，有在挤榨和撕揪中产生的仇恨；在一串一串的疣中有痴迷和摆脱，有爸爸、妈妈、亲戚、邻居和陌生人的狡诈。眼睛肿起来的时候，牙齿掉了的时候，耳朵出血的时候，得到的只是一个耸肩。

一辆公共汽车带着明晃晃的窗户驶过，中间有一根折叠在一起的橡皮管，一个手风琴。犄角在上面的电线上滑动。手风琴一张一合，灰尘从风箱的折叠缝中飞扬出来。灰尘是灰色的，细如毛发，比晚风热乎。电车在开，说明城市有电。犄角将火星喷射到树木上，树叶从低垂的树枝上落到路上。各条街都有杨树。暮色中，杨树看上去比其他树的颜色都要深。

　　一个男人走在阿迪娜的前面，他手里拿着一个手电筒。城里经常停电，手电筒像手指一样属于手的一部分。在漆黑的街上，夜晚如同一个整体。行人不过是一个闪亮的鞋尖下面的响声。男人将手电筒的灯泡对着后面。夜晚拖着最后一道白线穿过街的尽头。橱窗里，白色的汤盘和不锈钢汤勺在泛着微光。手电筒还没有亮，男人一直等到街道在尽头拐入下一条小街。他一按亮手电筒，自己就消失得没有了身影。这个时候他就是一个手中的男人。

　　天完全黑下来以后，电就停了。鞋厂不再发出嗡嗡声。传达室点燃了一支蜡烛，蜡烛旁坐着一只袖子。传达室门前有一只狗在吠叫。看不见狗的身体，只能看见它闪亮的眼睛，听见它在沥青路上的爪子。

　　杨树挺进各条街道。房子一个个紧紧拥挤在一起。窗帘后面是烛光。人们把孩子抱到烛光前，要在第二天早晨来临之前再看一眼孩子们的腮帮。

灌木丛中，夜色正在准备从树叶出发发动袭扰。如果黑暗的城市没有了电，夜色会从下面冒出，首先剪断腿。在肩膀的高度还悬浮有灰暗的光线，够摇晃头，够让人闭上眼睛，但是不够让人看清楚。

小水洼只是有时闪亮，但是闪亮的时间不长，因为地面干渴。夏天是干燥的，连续几个星期全是灰尘。一簇灌木拂到了阿迪娜的肩膀。灌木的花是白色的，给人不安宁的感觉。花味沉重，香气压抑。阿迪娜按亮手电筒，一道光圈扑入黑暗。一个鸡蛋，里面长出了一个有鸟嘴的头。手电筒的光线不够让人看清楚，只够让人确信，夜色吞噬不下整个后背，只能吞噬下半个。

住宅楼的大门前，玫瑰编织出了一个有孔的顶棚，一个由脏兮兮的叶子和脏兮兮的星星组成的筛网。夜色把它们挤赶出城市。

额头前的卷发

报纸很粗糙，然而独裁者额头前的卷发却在纸头上有一道明亮的闪光。它抹了油，闪闪发亮。它是被压乱的头发。额头前的卷发很大，它把小一些的卷发全赶到独裁者的后脑勺上去了。它们被纸头吃掉了。粗糙的纸头上写着：人民可爱的儿子。

闪亮的东西都在看。

额头前的卷发在闪亮，它每天都在朝这个国家里面看去。独裁者的相框照天天刊登在报纸上，篇幅有半张桌子那么大。额头卷发下面的脸如同阿迪娜手背朝下并排摆放的双手，她眼睛朝前看着前方的空空荡荡，把自己吐出的气息重又吸回去。

独裁者眼睛的黑色如同阿迪娜的大拇指指甲，大拇指虽然弯曲着，但却什么也没拿。眼睛中的黑色每天都从报纸上朝这个国家的里面看去。

视觉神经在这个国家里面漫游。城市和乡村，有时被驱赶到一起，有时被相互拉扯开，道路在农田迷途，在没有桥梁的沟渠，或者在树木前中断。树木在没有人栽种的地方窒息。狗四处乱窜。在没有房子的地方，它们已经忘记了怎么吠叫。它们失去了冬天的皮毛，然后又失去了夏天的皮毛，有的时候胆小，有的时候又出人意料地充满野性。它们害怕，因此在咬人之前，会在跑着穿过自己的额头时先踩到自己。

那么人呢，在这个国家，眼睛的黑色中透射出的光线落下的地方，就是人们立足的地方，就是他们脚下的顺着喉咙笔直爬上来又顺着后背笔直爬下去的一方土地。

咖啡馆也是铁的，还有公园、桌子、椅子，都是铁的。它们被弯曲成叶子和叶柄的形状，又白又薄，如线一般。只有椅子，当人们抬椅子或推开椅子时，椅子非常沉重。但是人们只是用手指触碰椅子，眼睛却是看着河水，因为人们并没有期待去拿这块铁。

咖啡馆旁边的那条路沿河而下，河水沿路而流。钓鱼的人站在河边。河水里也出现了那个东西，眼睛中的黑色。它在闪亮。

闪亮的东西都在看。

杨树在河边顺着台阶投下树影，在台阶的边角上破碎，但是却不沉下去。当有轨电车从桥上驶过，阴影会把小一些的阴影赶到河道里去，如同独裁者额头前的大卷发会把小一些的卷发全赶到后脑勺上去一样。

杨树的光和杨树的影，直到全城都被条状的杨树掠到。石板、墙壁、草丛、水和长凳。

河边没有人在行走，尽管这是夏季的一天，这有可能是一个在河边行走没有任何意义的夏季。

钓鱼的人不相信夏天被条状的杨树掠到。他们知道，杨树的影子在下面和上面一样，刀。

鱼不上钩，钓鱼的人说。如果有深暗的掠影从杨树上落到鱼竿上，他们会把鱼竿放在明亮的草地上，把鱼线扔进明亮的水域。

一个妇人在河边的路上行走。她抱着一个扎起来的软垫，她用双手抱着它，直直地抱着它。风在背后吹打。也许软垫里包的是一个孩子，也许是一个裹在褴褛中的带着两个头睡觉的婴儿，两个头分别在绳子扎得不是很紧的两端。妇人的手臂是褐色的，她的小腿肚白得和软垫一般。一个钓鱼人在回头看她的小腿肚。她的臀部在摆动。钓鱼人的目光落到水中，因为倒立的杨树而显得疲倦和渺小。钓鱼人的眼睛能感觉出最细微的夜晚，它白天在鼻梁骨上蔓延。手指伸进裤子口袋，拿出一根香烟放进嘴里。嘴角有火苗闪亮，手变得大了起来，遮住火苗，起风了。

钓鱼人从河里钓上来的有浸泡在水中的草，被咬碎的袜子，泡得肥大的内裤。一天中会有一次，当鱼竿变弯，鱼线被浸到河底，便会钓上一条滑溜溜的鱼，也有可能是一只死猫。

鼻梁骨上最细微的夜晚什么都偷。如果有东西它不能偷，它便会禁止它。它禁止幸福，钓鱼的人说。被条状的杨树掠到的夏天会吞噬掉垂钓的幸福。

杨树上挂着荚，既不是籽，也不是果实，而是给害虫、苍蝇和蚜虫的歪歪的顶针。它们从杨树上掉下来，爬过报纸。阿迪娜用指甲尖把害虫拨进独裁者额头前的卷发，苍蝇在耳廓上顺着头发爬，蚜虫感觉到了明晃晃的光亮，装起死来。

女服务员放下托盘，看见了桌子上的脸，她的颧骨在撞击，她的耳朵在燃烧。她迅速转开视线，恐惧在太阳穴上绷上了一根青紫色的血管。她把杯子放在额头上，放在桌子上。果汁不浓，搅起了一道黄色的纹线，额头前的卷发出现在杯子里。阿迪娜用小勺戳，小勺在闪亮，果汁在闪亮，闪亮的东西都在看。额头里有一根热针，有轨电车在桥上行驶，催起了河水里的波浪。阿迪娜放下小勺，她不碰杯子，她的手就像小勺。阿迪娜在等克拉拉和保尔。她把头扭开。

咖啡馆平平的屋顶后面是公园，再往后是尖形的房顶。这里是厂长的街道，专员的街道，市长的街道，秘密警察和军官的街道。静静的权力大街，连风都会为冒犯而感到害怕。它在飞的时候，不敢搅动。它如果发出扑啦扑啦的响声，那宁愿是折断了自己的肋骨，也不敢是折断了一根树枝。干枯的树叶在路上发出咔嚓咔嚓的声响，会立即在脚步后面掩盖住行走的痕迹。如果一个人在这儿行走，他不住在这里，也不属于这里，那他对这里的街道来讲就什么都不是。

静静的权力大街笼罩在微风中。微风吹开公园里的枝杈，为了倾听而让枝杈长满树叶，为了踢踏踢踏的脚步而将道路延伸在河边。微风在河的两岸，在割过的草地里，令脚步垂直起放，令膝盖提到喉咙上。行人不想在这里引起注意，他们垂直地走，慢慢地走，他们同时也在跑，在喉咙里火急火燎地跑。当行人走到桥上时，城市会用无忧无虑的嘈杂将他们掩盖。他们会松口气，有轨电车隆隆驶过，将额头和头发牵引出寂静。

在这些房子和花园里从来看不见静静的大街的主人们。在冷杉树后面，在石头台阶上走动的是佣人。当佣人踏上草地时，他们会把内脏提到嗓子眼里，生怕折断青草。当他们修剪草地时，他们的眼白里会有一面镜子，镰刀和耙子会像剪刀和梳子一样在里面闪亮。佣人们不相信自己的皮肤，因为他们的手在抓握时会投下影子。他们的头颅知道，他们是带着脏兮兮的手出生在脏兮兮的街道。他们的手，即便在这寂静之中，也不会变干净。只会变老。当佣人朝主子的冰箱里看时，他们的眼睛会感到惊恐，因为光线会以四方的形状落在他们的脚上。壁钟在滴答滴答走动，窗帘在鼓起，脸颊因为思考的东西感到寒意。肉包在玻璃纸里，玻璃纸上蒙了一层霜，白色的霜，如同石头，如同公园里的大理石。

静静的街道的花园里没有戴帽子的花园小矮

人。花园里竖立着的是悲伤的石头，赤裸的双脚一直赤到头脑。赤裸的狮子，白白的如同被雪覆盖的狗，赤裸的天使没有翅膀，如同被雪覆盖的小童。当霜冻在冬天从太阳身边转过，这里的雪也会发黄，折断，但是却不融化。

佣人们住在房子下面的地下室。他们在睡梦中离爬虫和老鼠比离上面的地板更近。佣人们的男人走入了地下，佣人们的孩子在这里的房子中长大出去。佣人们都是寡妇。

阿迪娜的学校有个女教师是女佣的女儿。我妈妈在圆形花园后面的黄房子里当佣人，女教师对阿迪娜说。她站在河对岸，把食指举过头，指给阿迪娜看是哪座房子。她的眼睛麻木，也可能是僵硬，因为天气很冷，河水就在身旁。她在桥上哧哧笑，有轨电车驶过，压住了她的哧哧声。晚上，女佣的女儿说，主人会在天黑后回家，主人是一个军官，他天天在自由广场的军人俱乐部喝酒。晚上是路找到他，而不是他找到路。俱乐部的那些女服务员会在他走前把军帽反过来扣在他的头上。于是他在街上晃荡来晃荡去，会把帽舌晃荡到脖子里，直到回家的路找到他。每天晚上，女佣的女儿说，家里都会发生同样的事情：多瑙河三角洲。大教堂的塔楼上钟声在敲响，女佣的女儿向上望去，笑，不停地笑，教堂的大钟挂在她的舌头上。阿迪娜在橱窗里再一次感觉到河水就在近旁。女佣的女儿弯下身，看鞋子的下面。鞋底出现在她的眼睛中。这种鞋跟我不喜欢，她说。她咧开嘴，说了声多瑙河三角洲，然后又回到军官的话题上。

当军官在狮子之间走上台阶，他的太太能听到靴子拖地的声音。她对我妈妈说：多瑙河三角洲。我妈妈会从厨房拿一锅热水送到浴室。她把热水倒进地上的一个盆子里，然后再补一些凉水，直到盆子里的水和盆边一样齐，温度合适。军官的太太在过道等他。她不等钥匙在外面转动，自己从里面打开门。她从丈夫手中接过公文包，摘下他头上的帽子，说，多瑙河三角洲。军官哼哼几声，点点头。他走到太太的身后，横穿房间走进浴室。太太已经坐在放下盖板的抽水马桶上。军官脱下靴子放在门前。太太说，把鸟掏出来。军官脱下军裤递给太太。她把裤子折叠整齐，搭在手臂上。他脱下内裤，叉开腿坐在盆沿上。然后双膝跪在盆里，看着镜子上面的蓝色瓷砖。他的阴茎耷拉在水里。如果睾丸沉进水里，他的太太会说，很好。如果睾丸漂在水上，太太会哭，会嚷嚷，你把自己全干空了，就连靴子都是软耷耷的。军官会把脸俯在膝盖之间，看着漂浮的睾丸，说，我发誓，亲爱的，我发誓。

女佣的女儿朝在她大衣上擦过的光秃秃的灌木丛里看了一眼。他发誓什么，她说，我妈妈不知道，镜子上蒙了一层雾气，他在不停地重复他的发誓。太太已经不说话了，他却哭了起来。在他身上只是抱怨，在她身上就不仅只是抱怨了。我妈妈坐在客厅，坐在长长的桌子边上。她朝浴室里面看去，一直害羞到耳朵根子。她的双手颤抖，她把手藏在桌子下面。当我妈妈移动她的便鞋时，军官太太对妈妈说，蕾奴萨，别走。她对军官说，把鸟放进裤子里。军官站起身，穿上内裤。太太手臂搭着军裤走过客厅，每走一步都要扶一下桌边，最后又扶了一下妈妈的肩头。她说，蕾奴萨，收拾一下。然后又像扶楼梯栏杆一样，扶着桌边走向卧室。军官拎着靴子跟在后面。

女佣的女儿用嘴朝手心吹了一口热气。我的大衣没有口袋，她说，是他太太的。我妈妈收拾完浴室，啪嗒关上灯。本来我是不相信的，女佣的女儿说。她在大衣上搓着手指，用指甲敲击扣子，发出一种声响，石头碰撞石头的声响。

我妈妈从来没撒过谎，女佣的女儿说。卧室里面，军官在打呼噜，他的太太在哼一支歌：

玫瑰在山谷

盛开遍四处

美丽多美丽

玫瑰在山谷

我妈妈对这首歌很熟悉，太太每天早晨都在厨房哼这支歌。我妈妈踮着脚尖走，但是地板发出了吱嘎的响声。太太听到了，我妈妈走到大门前的过道时，太太说，蕾奴萨，门要锁两道。太太害怕，女佣的女儿说，太太害怕石头天使会趁着夜色进家，所以有那些狮子。太太有时对我妈妈讲，他的天使过不了狮子。军官买天使是防狮子的。天使和狮子是同一个石匠做的。我妈妈说，它们相互不会打架。军官知道，女佣的女儿说，但是太太不知道。早晨，当军官穿好靴子，戴好帽子，太太会在过道里刷他的军装。军官慢慢弯下腰，拿上自己的公文包。太太在弯腰刷衣服。刷子很小，当时我妈妈刚干没多久，根本看不见太太手里的刷子。我妈妈当时感到奇怪，太太的手在军装上摆弄的时候，为什么手指头是弯曲的。有一次刷子从太太的手上掉了下来。太太的手很小。我妈妈一直以为，太太拿不住人们看不见的东西。太太个子很高，女佣的女儿说，一个女人那么大个子手却那么小，我还从来没见过。军官出了家门后，太太会站在窗旁，目送他。走过两幢房子，他的身影就消失了。她会一直等，等到他出现在桥头。太太说，她最怕他在早晨特别清醒的时候会在桥上出事。

女佣的女儿说，还有香水的故事。太太的包里一直藏着一个空香水瓶子，已经空了好几年了。瓶子上有一个打磨出来的玫瑰图案，瓶盖是镀金的，放在包里已经放旧了。瓶盖的边上刻有西里尔字母，瓶子里面以前估计放的是俄罗斯的香水。几年前家里曾经有过一个俄罗斯军官，她从未对外人提起过，这个人的眼睛是蓝色的，因为太太有时会说，最帅的军官的眼睛都是蓝色的。太太丈夫的眼睛是棕色的，他有时会对太太说，你身上又有一股玫瑰的臭味。关于这个小瓶子，肯定有一件特别的事，一件伤心的事，女佣的女儿说。她舔了舔下嘴唇，舌尖停留在嘴角上。这件事开启了一个愿望却关闭了一扇门，肯定是这样的，因为让太太感到孤独的并不是丈夫不在家，而是天天带着的那个空香水瓶。我妈妈有时觉得太太的头仿佛顺着脖子一直沉入到身体里去了，仿佛在太太的身体内从喉头到踝骨有台阶，仿佛她带着自己的头在这个台阶上走进自己的身体里。也许是因为我妈妈住在地下室的原因吧，女佣的女儿说。军官的太太在桌边一坐就是半天，她的目光扎人般空空荡荡，仿佛干枯的葵花玫瑰。女佣的女儿用窝成一团的手帕擦红色的鼻孔，搓了一下，然后把雪球一般的手帕重新放回拎包。军官太太每年圣诞节都给我妈妈几双真羊羔皮拖鞋，她说，每个星期还给咖啡豆和俄罗斯茶叶。

东西最后都给了我，女佣的女儿说，因为我妈妈舍不得用。只有拖鞋不能给我，因为军官太太会看到的。上上次给的拖鞋我妈妈就送了人，她解释说是让邮递员的狗叼走了，鞋子给咬得不像样，不能穿了。邮递员不承认，但是也没办法证明。

学校的工作，女佣的女儿说，是通过她妈妈，通过军官的太太得到的。

　　河边有两个钓鱼人并排站着。其中一个从头上摘下帽子，头发被压实了，帽圈在他的后脑勺压出个环。脱掉帽子的头上是另一顶帽子——白发的帽子。另一个把壳吐到河里，壳在漂浮，里面是白的，外面是黑的。他给白发戴帽子的那个人递过去一把葵花子。吃，他说，消磨时间用。白发戴帽子的那个人把捧着葵花子的手推开，说，这玩意儿和西瓜子一样。我当年从前线回家，这里的人在家里吃的所有东西对我来讲都是坟墓。香肠、奶酪、面包，甚至于牛奶和黄瓜，在厨房门后面，在锅盖下面，都是坟墓。现在，那么些年过去了，我不知道了，他说。他弯腰捡起一块鹅卵石，在手上转动，用右眼瞄了瞄，朝河里扔去，石头碰到水面后，弹跳起来，一共碰到了四次水面，朝前飞了四次。石头在沉下去之前，先在水面上跳舞。恶心劲儿已经过去了，但是我还是害怕西瓜里面的东西。吃葵花子的钓鱼人缩着头，他的嘴很薄，眼睛是歪的。他把两根鱼竿都放在明晃晃的草地上。

　　太阳很高，在城市的顶上。鱼竿投下影子，下午倚靠在鱼竿的影子上。如果下午摔倒，阿迪娜心想，如果这一天滑倒，它一定会在城市的周围切出一道深深的壕沟，玉米一定会折断。

两个钓鱼人沉默的时候，他们一动不动地站着。如果他们不交谈，他们就不是活的。说他们沉默没有道理，只能说他们的话语不连贯。大教堂塔楼里的钟在走，钟声敲响了，于是一个钟点的时间空了，过去了。它可以是在今天，也可以是在明天。没有人感觉到它在河边的存在，钟的敲击声在水里变得很轻，变成低吟，直到消失。

钓鱼人用天空的炎热来衡量一天，在电线厂的烟尘上看到了雨，虽然它还在其他地区。他们靠肩膀上的发烫程度来感觉太阳还能上升多长时间，什么时候会下降，消失。

凡是知道这条河的人都从内部看过天空，钓鱼人说。城市暗下来的时候，塔楼里的钟有一瞬间不能计量时间。钟面会变成白色，会将一道光投射下来，落入公园。金合欢的细齿叶于是看上去如同一把把梳子。指针在跳动，但是晚上不相信指针。白色的光不会持续很长时间。

只要那道白光不消失，钓鱼人就会紧挨着趴在地上。他们在看河。河会趁着白光，钓鱼人说，把发臭的排水孔指给每一个它认识的人看。这就是内部的天空。排水孔在水流中，不是在底部。它有很多衣裙，多得可以抵上好几座桥的长度。排水孔是赤裸的，它将衣裙拿在手中。都是溺水者的衣裙，钓鱼的人说。

钓鱼人没有一直盯着排水孔看，他们只是看了一下，然后转过脸，埋进草丛，笑得腿发抖。那个白发戴帽子的钓鱼人没有笑。当别人问他，你没有笑，但是腿为什么会抖，他说，当我把脸趴在草丛里，我看见我赤裸的大脑在水里。

咖啡馆最后一张桌子旁站着一个吉卜赛少年。他把一个空啤酒杯举在脸的上方。啤酒沫像线一样缓缓滴下。这根线还没有淌到嘴唇上，他的嘴先吞咽了一下。不准喝，阿迪娜说，你没有嘴，你是在用额头喝。她说话的声音很大。少年站在她的桌旁。给我一个列伊，他把手伸过报纸说。阿迪娜把一个列伊放在杯子边上。少年用手捂着从桌上拿过硬币。主会保佑你美丽和幸福，他说。他在说上帝。阿迪娜在阳光下看不见他的脸，只有两只白中泛黄的眼睛。还是喝柠檬汁吧，她说。

杯子里漂着一只苍蝇，他用小勺把苍蝇捞出来，吹到地上，然后把小勺塞进裤子口袋。

肖肖伊，女服务员在喊。

他的脖子是干的，他的衬衫里发出咕噜咕噜的声音。他举起杯，用全部的脸，直到白中泛黄的眼睛，一口气喝干，然后把杯子放进裤子口袋。

肖肖伊，女服务员在喊。

克拉拉说过，肖肖伊在吉卜赛人的语言里是兔子的意思。吉卜赛人都怕兔子。保尔说过，迷信的东西吉卜赛人都害怕，有很多，因为他们永远害怕。

保尔给一个出院的吉卜赛老人写纸条，告诉他什么东西能吃。这个人不识字。保尔念给他听纸条上写的东西。上面也有兔子肉。这张纸条我不能拿，老人说，您是一位先生，您必须给我重写一张。保尔划掉兔子肉。老人摇头。这样永远都在上面，他说，您是医生，不是先生。您不理解心脏在您身体内的跳动。兔子的身体里跳动的是大地的心，因为我们知道这个，所以我们是吉卜赛人，我的先生，所以我们必须流浪。

吉卜赛少年跑过杨树的影子，影子将他切割。他的脚底升到了后背的高度。女服务员跟在脚底后面跑。吃葵花子的那个钓鱼人看着飞跑的脚底。和打水漂的石头一样，他说。

　　灌木丛起风了。少年的目光停留在树叶中。女服务员站在草丛里，气喘吁吁，在用眼睫毛倾听，所有的树叶都在摇曳，她看不见少年。她垂下头，脱下凉鞋，赤脚迈着碎步走进杨树的影子中，走过石板，慢慢走回咖啡店，她手下垂挂着的是凉鞋的影子。从影子上能看出鞋跟有多高，皮带有多薄，皮带扣在戒指的下方闪光，在宝石上闪光。你要是跟我跑，肯定会有收获，吃葵花子的钓鱼人说，不穿鞋子，你的腿看上去太粗，鞋子没有高跟，你看上去像一个农家女。

　　怕西瓜的那个钓鱼人用手抓自己裤子的护裆，说，战争期间我在一个小村子，忘掉村子叫什么了。我看见一个窗户里一个女人坐在缝纫机旁，她在缝一个花边窗帘，窗帘垂挂在地上。我敲门，说给我点水喝。那女人拖着窗帘打开门。水桶里挂着一个长柄木勺。我一勺又一勺地把水喝光。喝的时候我看着她的小腿肚，又粗又白。我只往水桶里看，我看见她赤裸着站在水里。水是凉的，我的上颚是热的，我的脖子在耳朵里砰砰跳动。她把我拽到地上，她的裙子里面没有内裤。窗帘的花边刺得发痒。她的肚子没有底。她什么也没说。我经常想，我当时没有听到她出过声。我也什么都没说。直到后来我重又回到街上时，我才对自己说，给我点水喝。

吃葵花子的那个钓鱼人用牙齿咬掉汗衫边上的一根线。原因在小腿，他说，我趴在我老婆身上时，她的叫唤会弄得邻居深更半夜砸墙，大喊，快住手，不要打她。她的叫唤不表明任何意思，我早就知道了，她的睡衣下面全是冰凉的，只是嘴巴在干叫。我趴在她上面，等习惯了黑暗后，我看见她睁大的双眼，她高高在上的额头，灰中泛黄如月亮一般，还有她下垂的下巴。我看见她咧开的嘴巴，我完全可以用鼻子撞进她睁开的眼睛里，但是我没有这样做。她叫唤，就好像一个人不得不抬一个大柜子，而不像一个人喜欢干这事。她的肋骨异常坚硬，连心脏都因此而枯萎了。她的腿一天比一天细，从脚踝骨向上一直到小腿肚子没有一点肉。她全身的肉都长到肚子上去了。肚子是圆的，滚滚的如同一只肥嘟嘟的绵羊。

钓鱼人脱下鞋子，把鞋子翻过来，抖了抖，一个樱桃核掉到地上。有的时候，月亮会站在屋角的天花板和墙壁之间，所以月光有一道熨烫出来的褶纹。我能看见玻璃柜里酒杯上的图案和地毯的须穗，我用眼睛临摹地毯的须穗，让一天从脑海中走过，他说。那个白发戴帽子的钓鱼人拔出一根草秸塞进嘴里嚼。草秸在嘴里来回晃动。让一天从脑子里走过，吃葵花子的钓鱼人说，要不了多长时间，杨树，河流。今天晚上要长一点，今天晚上我有女服务员。

嘴里叼草秸的钓鱼人笑了，还有吉卜赛人，他说。今天晚上时间要长一些，吃葵花子的钓鱼人说，睡着用的时间要更长。我听见了外面的蟋蟀。床在摇晃，因为睡衣脱光了。蟋蟀在唧唧叫，它们在给一根深色的线打结，它们啃噬了我的安宁。它们可能在房子的下面。我屏住呼吸，我感觉到蟋蟀正背着房子，穿过草丛，越过长长的平地，把房子背到多瑙河边。我睡着了以后，会梦见自己走出房子，走到街上。但是外面没有街道。我穿着睡衣，光着脚，站在河边，冻得哆嗦。我必须逃跑，我必须越过多瑙河逃到南斯拉夫去。但是我不会游泳。

河对岸有两个男人坐在一张凳子上，他们穿西服。他们的耳朵在灯光下是透明的。他们像树叶一样并排坐着。其中一个扎着一条红蓝斑点的领带。长凳的一头横着一块黑影，可能是一件大衣，没有袖子，没有领子，没有口袋。这是一件当光线落在下一根树枝上便会不存在的大衣。这两个人都在吃葵花子。瓜子壳急速飞向河里。风掀动树枝，大衣变小了。

那个白发戴帽子的钓鱼人用眼角瞟着那两个男人，吐出叼在嘴里的草秸。知道对面的那些鸟吗？他问。我真的不会水，吃葵花子的钓鱼人说。他耸耸肩，说话声音很轻。

有一次在那个多瑙河的梦里我看见了我老婆，他说。我刚到河边，她就已经到了。她认不出我了。她提问的方式就如同一个陌生的女人在问一个素不相识的男人，她问，你也要逃跑吗？她离开鹅卵石，离开河边，朝另外一个方向走去。那儿有柳树丛和榛子树丛。她在喊，河水太急了，我要先吃点东西。她在灌木下寻找。那儿只有水草，于是她搜寻树枝。她将榛子连枝带叶一块儿撇下来。榛子还没到采摘的时候，还包着绿色的外壳。她用一块圆石头砸榛子。她吃榛子，榛子的白浆从她的嘴里淌出来。我转过视线，目光落在水里。主啊，天上地下无处不在的主啊，我说。我每说一个字都能听到我的嘴里在冒出石头的敲击声。我无法继续祈祷下去，我感觉自己变痴了。上天在听石头，听榛子，唯独不听我。我朝她转过身，大声叫喊，声音大得感觉扎自己的眼：过来吧，我逃不了的，我不会水。

独裁者的额头上坐着一只蚜虫在装死。

阿迪娜经常到这家咖啡馆，因为它在河边，因为公园每年都会长高一个手臂，这些才半年的木头一直到了晚夏仍然是浅嫩的。因为人们从老树枝上能看出来，正在过去的这一年仍然还在晃悠。树皮坚硬，颜色黯淡，树叶的叶脉粗糙，表明夏天不会那么快就走到尽头。霜冻一旦来临，那就是十月了。它会在一夜之间打光树叶，如同一场事故。

由于公园的空气中悬浮着恐惧的气息，因此人们的脑筋会变得迟缓，在别人所说和所做的一切中看见自己的生命。人们永远不会知道，自己所想的会变成一个大声的句子呢，还是脖子里的一个节，或者只是鼻翼的一掀一合。

在恐惧的气息中，人们的听觉变得灵敏。

铁丝厂的烟囱飘出烟雾，直到仅剩下夏日老人的画面时才散去。下面是发臭的排水孔里的衣裙。

每当阿迪娜习惯了恐惧的气息，摸自己膝盖的感觉和摸椅子便不一样了。于是静静的权力大街便会作为最后一节车厢挂在桥上的有轨电车上，被牵引进城市，牵引进郊区，牵引进脏兮兮的佣人大街。通过那些地方已经干燥的烂泥可以看出来，孩子们长大离家了，男人们入土了。窗户是用旧报纸糊起来的。寡妇们朝前伸出双手，逃进权力大街。

在咖啡馆坐的时间长了，恐惧会停下来等待。人们第二天再来的时候，它会早早地在人们坐的地方等候。它是人们脑子里的一个蚜虫，不肯离去。人们坐的时间长了，它会装死。

克拉拉在摇椅子，她掀起裙子，腿上刚刚刮过毛，皮肤非常光滑，每个毛孔里都有一个红色的雀斑。昨天领导命令她去数铁丝卷，玛拉说，今天厂长把她叫过去，厂长靠在窗户上，自己把铁丝卷又数了一遍。数完后，他说，你的腿就像鹿。玛拉脸红了，说了声谢谢。厂长接着又说，长着像鹿一样的毛。

有四个女人在河上划船。她们肩膀上的肌肉像肚子一样凸鼓。第五个女人嘴前举着一个喇叭筒，她在朝喇叭筒里喊，她的目光不是对着划船的女人，而是对着水面。

克拉拉沿着杨树大道朝城里走去。她的鞋子在河边发出踢踏踢踏的声响。额头前的卷发听见喇叭筒里的喊叫声穿插在克拉拉的脚步声中。

白发戴帽子的钓鱼人在用口哨吹一支歌。

系红蓝斑点领带的男人从长凳上站起身，边走边把领带塞进衣服里，边走边朝河里吐葵花子壳，边走边在台阶上梳理头发。他站在桥上，跟在克拉拉的腿后面，她的夏裙在飘舞。他边走边点燃一支香烟。

阿迪娜打开一个白色信封，保尔将报纸端在脸前。他大拇指的指甲裂了。食指上的皮肤是黄色的，上面因抽烟而长出了一片烟叶。信是里弗写的，里面是一张邀请卡，图案是两枚套在一起的戒指。

里弗是保尔的同学，在南方一个小村庄当教师已经两年了。多瑙河在那里阻隔[1]而过，田野与天际相连，凋零的飞廉将白絮撒入多瑙河。村里的农民都是先喝酒，再到田里干活，然后才吃早饭，这是里弗说的。女人们给鹅填塞抹了油的玉米。警察、牧师、市长、老师，人人嘴里都有金牙。

罗马尼亚的农民吃得太多喝得太多，因为他们拥有的太少，这是里弗说的，他们说得太少，因为他们知道得太多。他们不相信陌生人，哪怕是和他们吃得一样喝得一样的陌生人，因为他们嘴里没有金牙。陌生人在这里很孤单，这是里弗说的。

这也是里弗为什么要娶一个村子上的女教师的原因，那个女人属于那里。

---

1 多瑙河是罗马尼亚和前南斯拉夫的界河。

一个人差不多就是一块面包

　　一个男人牵着一匹马在路边走着，边走边吹口哨。口哨比他的脚步慢，马蹄声并没有打乱节拍。男人边走边看着路面。早晨的灰尘总是比白天的陈旧。

　　阿迪娜在脚底感觉到了这支歌。在她的额头里，男人的嘴巴唱出了这样的歌词：

　　　　卖房子卖田地，这个念头
　　　　挥之不去

　　一个矮小的男人，一根细细的绳子，一匹高大的马。

　　对马来讲是一根细细的绳子，对男人来讲则是一根粗粗的绳子。套绳子的男人是上吊的男人，就像被遗忘年代的、城郊的那个白铁匠。

有一天，当有轨电车像往常一样，在陈列有墓地十字架、锅炉管和浇花壶的橱窗前隆隆驶过时，白铁匠变成了一个上吊的人。

乘车的人站在玻璃后面，每个人的怀里都抱着一只羊羔，因为复活节就要到了。

火苗不再舔舐烧锅。不过死亡并没有，用他自己以前常用的说法就是，从背后给他来一下。人们发现他的时候，死亡给他的脖子来了一下。

他用数目不全的手指拿了一根绳索，打了一个活套。屠宰场的那个男人，就是把理发师的猫扔到门外的那个男人发现了他。他向白铁匠定做了一根锅炉管，原打算去取的。他从理发店出来，头发刚刚剪过，下巴刚刚刮过，闻上去有香草的味道。是薰衣草的味道，理发师对香味解释说，所有经他刮过脸的男人看上去都容光焕发，都有这种香草的味道。

身上有香草味的男人看见那个上吊的人时，说了句手艺不错，干活儿马虎。

因为白铁匠的身体是斜着悬挂着的，距离门边上的地面只有一点点距离，如果他愿意，完全可以脚尖点地，把自己解脱出来。

身上有香草味的男人用手够到上吊人的头上，说，可惜了那么好的绳子。他没有剪断绳子，而是松开活套。于是白铁匠掉了下来，摔在地上，弄折了身上的皮围裙。但是上吊人的身体并没有折，他的两个胳膊撑在地上，头直挺挺地伸在空中。身上有香草味的男人解开绳结，将绳子拉过手心、虎口，再经过胳膊肘，绕了起来，然后在绳子的另一端打了一个结。绳子在屠宰场可以派上用场，他说。

裁缝将一把钳子和几颗崭新的、锃亮的钉子放进围裙口袋。她垂下头，眼泪滴在桌子上的闹钟上。钟面上有一个火车头在滴答滴答地走。裁缝看着指针，伸手拿过一把浇花壶。我给他放进坟墓里，她说。身上有香草味的男人说，我不知道。他在找他的锅炉管。

理发师说，一小时前白铁匠还在我这儿的，我还给他刮了脸，脸还没干呢，就上吊了。理发师将一把锉刀放进大褂的口袋。他看着那个身上有香草味的男人，说，谁给上吊人割绳子，就等于给自己系绳子。身上有香草味的男人胳膊下面夹着三根锅炉管，指着绳子说，看呐，绳子是完整的。

阿迪娜看见上吊人身旁的地上有一堆焊好的烧

锅，锅里面的搪瓷褪色了，剥落了。芹菜和独活草，洋葱和大蒜，西红柿和黄瓜，凡是夏季从地里冒出来的，都留下了自己褪了色的瓣、片、叶。蔬菜都是城郊花园和农田的，肉都是自家院子里和圈养的。

医生到了，在场的人都从白铁匠身边往后退了一步，好像这个时候大家才开始感到害怕。沉默拉变形了每一张脸，好像是医生带来了死亡。

医生把白铁匠脱成赤条条的，看着那些锅和罐子。他拽了拽已经没有生命的手，说，一个每只手只有四根指头的人竟然能烧焊。医生把白铁匠的裤子扔到地上，裤兜里掉出两个杏子，又圆又光滑，黄灿灿的，就像已经不再舔舐烧锅的火苗。它们滚到桌子下，边滚边发出黄灿灿的光。

绳子像平日一样围在白铁匠的脖子上，但是绳子上的婚戒不见了。

连续几天几夜，树下的空气中弥漫着一种苦涩，阿迪娜看着墙壁石灰纹理上和龟裂的沥青里的空空荡荡的绳子。第一天下午她想到的是裁缝，第一天晚上想到的是身上有香草味的男人。第二天白天她想到的是理发师，在这一天没有晚霞过渡天忽然就漆黑一片的夜里，她想到的是医生。

白铁匠死了两天后，阿迪娜的妈妈穿过萝卜地走进村子。村子白色的墙壁一闪一闪地一直闪到城郊。因为复活节就要到了，所以她买了一只羊羔。她在买羊的那个村子听说有一个孩子在上吊的那个人的身旁出现过。村里的女人们都说，孩子不是本村的，是从外面跑来的，是他把白铁匠脖子上的婚戒偷走的。戒指是金的，本可以把它变卖掉，给白铁匠买一块棺布。但是现在，他工具台抽屉里的钱仅够买一个粗糙的小木箱。这算不上是棺材，女人们说，只能说是一件木头做的外套。

　　牵马的男人站在街边，一辆行驶的公共汽车遮住了他的身影。公共汽车过去后，男人站在尘土中。那匹马在围着他转圈子。男人跨过缰绳，把缰绳围在树上打了一个结。他走进店门，穿过一个个在等待的头，挤进买面包的队伍。

　　在他的头被淹没在一个个叫喊的头中时，他往回看了一眼。马抬起了一只蹄子，它站在三条腿上的时间比公共汽车开过去的时间长。它在树干上磨蹭肚子。

　　阿迪娜觉得眼睛里有沙子，马在用鼻子到处嗅树皮。马头开始变得模糊起来。眼角的沙子捏在阿迪娜的指尖上，是一个极小的苍蝇。马在吃树枝。金合欢的叶子在马嘴前发出哗啦哗啦的声响，细树枝上有刺，在马的喉咙里发出喀啦喀啦的声音。

男人进去的那个店里有一股热气扑到街上。公共汽车在身后搅起大团的尘土。太阳附着在每一辆公共汽车上，阳光跟着汽车行驶。在拐角的地方，它一闪一闪，如同一件敞开的汗衫。早晨有一股汽油、灰尘，还有破鞋的味道。每当有人拿着面包走过，人行道上都会冒出一股饥饿的味道。

在店铺里那些叫喊的头上，饥饿长有透明的耳朵，坚硬的胳膊肘，撕咬用的烂牙和叫喊用的好牙。这个店铺有新鲜的面包。这个店铺里的胳膊肘是无数的，但是面包是有数的。

尘土飞得最高的地方，街道很窄，住宅楼弯弯曲曲，密密麻麻。道路两旁的草长得密实，花儿开放的时候，看上去肆意、耀眼，不时被风撕扯成一绺一绺的。花儿越肆意，贫困越深重。夏日会自己脱粒，分不清扯碎的裙衫和籽壳。草地里有多少飘飞的种子，闪亮的窗户玻璃后面和前面就有多少眼睛。

孩子们从泥巴里拔出带有白浆的草秆，玩耍中把草秆吸得干干净净。玩耍伴随着饥饿。肺部的生长停止了，脏兮兮的手指上和一连串的疣上蒙了一层草秆的白浆。唯独没有乳牙，它们脱落了。它们晃动的时间不长，它们在说话时掉在手上。孩子们把掉下来的牙齿今天一颗明天一颗，扔到身后的草地里。他们一边扔一边嚷嚷：

老鼠老鼠，给我一个新牙，
我给你我的旧牙。

直到牙齿在草地的某个地方消失得无影无踪的时候，他们才会回过头看，并把它称作童年。

老鼠拿走乳牙，给宿舍楼的地洞里铺上白色的瓷砖。但是没有带来新牙。

街道的尽头是学校，街道的开头是一个破烂的电话亭。阳台是生锈的瓦楞板，只能撑得住恹恹的天葵花和晾在绳子上的衣服，还有番莲。番莲攀爬得高高的，附着在锈迹上。

这里不长大丽花。在这里，番莲把它们的夏天装扮成一条一条的，很有欺骗性，而且是蓝色的。

越是有垃圾的地方，越是生锈的地方，越是坍塌的地方，番莲开放得就越发美丽。

在街道的开头，番莲爬进破烂的电话亭，它爬在玻璃上，但是不交织。它像网一样布满在拨号盘上。

拨号盘上的数字都是独眼的。当阿迪娜缓缓走过时，它们自己报出：1，2，3。

一个行军途中令人痴迷的夏天。一个在身后留下南方广袤平原的士兵之夏。伊利杰身穿军装，嘴里叼着一根今年夏天刚刚长出的草秆，裤子口袋里揣着一个在日历本上被划去的冬天，还有一张阿迪娜的照片。平原上是他的兵营，还有一座山冈和一片树林。伊利杰写信告诉阿迪娜，他嘴里的那根草秆是山冈上的。

每当阿迪娜看见高高的草丛，就会想到伊利杰，还会寻找他的面孔。她的脑子里携带有一个信箱。每当她打开信箱，里面总是空空荡荡的。伊利杰很少写信。他写信说，只要我写信，我就知道我在什么地方。一个人如果确信有人爱他，他就不大写信了。这话是保尔说的。

番莲只要还是绿的，就总会有一个男人躺在那个破烂的电话亭里。他的额头很窄，紧挨着眉毛上面就长出了头发。路人都说，因为他的额头里面是空空荡荡的，因为他的大脑是酒精组成的，因为酒精蒸发了。路人还说，酒精蒸发了，就什么都没有了。

那个男人躺在那儿，鞋子靠在脚跟上。路人经过时，可以看见鞋底，但是看不见鞋子。男人只要没睡，就一直在不停地喝，不停地自言自语。路过这里时，路人都会加快脚步，和电话亭的影子保持一定的距离。他们会用手抓头发，仿佛头发里有思想。他们心不在焉地朝人行道上或草地里吐口水，因为嘴里有一种苦涩。每当男人大声自言自语，路人都会移开目光。当男人睡觉时，路人会用鞋尖踢他的鞋底，他便会发出哼哼声。路人都不愿意哪一天会唤醒一个尸体，然而他们每次总是希望，今天就是这一天。

男人的肚子上靠着一个酒瓶，瓶颈上握着的是他的手指，他紧紧握住酒瓶，即便睡着了也从不松手。

两天前那个男人睡着后松开了手指，酒瓶翻倒了。一个女人踢了男人的鞋底。然后附近宿舍楼的门房过来了，然后是一个孩子，然后是一个警察。电话亭的男人不再哼哼了，他的死亡有一股酒精的味道。

门房把死者的空酒瓶扔进草地，说，如果有灵魂的话，那么它就是这个男人死前最后灌下去的东西。胃没有消化掉的东西，就是人的灵魂。警察吹了一声哨子，街上停下来一辆马车。车上的男人放下鞭子，跳下车。他高高托起死者的肩膀，门房抓住死者的鞋子。他们像抬一块木板一样抬着这个僵硬的重物，穿过阳光，把木板放上马车，放在绿油油的卷心菜上。马车夫用一块粗毛毯盖住死者，拿起鞭子。他嘴里打了一个响，朝马抽了一鞭。

电话亭仍然有一股酒味。风在街上发出不同的响声已经连续两天了。番莲长了起来，开的花仍然是那样的蓝。拨号盘上的数字仍然是独眼的。阿迪娜头脑里拨着电话号码，嘴里在说着，一直走到死者躺着的那条街的尽头。

我在另外一头，他说。

你只有皮和骨头，你只是一块木板，她说。

没关系，他说，我是一个完整的人，半个傻瓜，半个酒鬼。

给我看你的手，她说。

嘴里是葡萄酒，胃里是白兰地，头里是烧酒，他说。

她看他的鞋子，他站着喝酒。

不要喝了，她说，你是在用额头喝酒，你没有嘴。

街道的尽头有一捆铁丝，已经生锈了。它周围的草是黄色的。铁丝卷的后面是一个栅栏，栅栏后面是一个院子和一个木棚。院子里面，一条狗正在草地上扯着链条。这条狗从来不叫。

没人知道狗在守护什么。早晨和晚上天黑的时候，总会有警察过来。他们和狗说话，给它喂食，嘴上的烟从不抽完。住宅楼的孩子都说一共有三个警察。由于房间里面只有蜡烛，所以他们在木棚外面只能看见有三根香烟在闪亮。妈妈们把孩子从窗前拉开。孩子们都说那条狗叫奥尔嘉[1]，但不是母狗，是一条公狗。

1　奥尔嘉是女性常用的名。

这条狗每天都看着阿迪娜。它的目光里反射的是地上的草丛。为了不让狗叫，阿迪娜每天都叫一声奥尔嘉。

杨树下面的草丛里落有黄色的叶子。学校前的杨树很独特，总是比城里所有杨树都要绿得早，三月份就发绿了。老师们说，因为学校后面不远就是农田，而学校又紧挨着城郊。到了秋天，学校前的杨树比城里所有杨树黄得也要早，八月就黄了。校长说，因为孩子们像狗一样，对着树干撒尿。

杨树是因为工厂才发黄的，这个工厂的女工们制作红色的夜壶和绿色的晒衣夹子。女工们干瘪下去，咳嗽起来，杨树发黄起来。女工们即便在夏天也穿长到膝盖的系松紧带的厚内裤。她们每天都往内裤里塞晒衣夹，直到腿和肚子鼓到晒衣夹在走路时不会发出喀啦喀啦的声响。在市中心，在歌剧广场，女工们的孩子用绳子穿着晒衣夹搭在肩上，用它们来换丝袜、香烟或肥皂。在冬天，女工们甚至把装满晒衣夹的夜壶也塞在内裤里。外面套着大衣，看不出来。

钟声穿过杨树，在校园上方回响。没人走过校园，没人走过走廊。没有课。孩子们坐上校门前杨树下的卡车。卡车将把他们带到后面离城很远的农田，采摘已经成熟的西红柿。

他们的鞋子上还沾有昨天、前天、前几个星期从早到晚踩烂的西红柿。他们的包上还沾有挤烂的西红柿，水壶上、衣服上、汗衫上也都有，而且还有草籽、山茱萸和已经开败的飞廉。

飞廉的绒絮可以给死人做枕头，母亲们说。当孩子们晚上很晚才从田里回来，母亲们会说，机油烧手，而飞廉絮会烧掉人的理智。她们抚摸孩子的头发，在孩子的脸上拍打一下。然后孩子们的目光和母亲们的目光就会默默地朝烛火盯一会儿。目光有愧，但是在烛光面前看不出来。

孩子们的头发里沾有尘土。尘土让头脑变得固执，把头发弄得歪斜，把睫毛弄得短短的，把眼神变得坚硬。孩子们坐在汽车上没怎么说话。他们看着杨树，吃着有数的新鲜面包。他们在面包皮上捅个洞，先吃面包里面的瓤。瓤是白色的，没有被烤到，只是被炉子的高温熏了一下，还会粘牙。孩子们一边嚼一边说，他们在吃心。他们用口水泡软面包皮，把它们弯成帽子、鼻子和耳朵。然后他们的手指就累了，肚子却没有饱。

司机关上车厢板。他的汗衫掉了一颗扣子，方向盘直接顶在肚脐上。前车窗前放着四块面包。方向盘的边上贴着一个金发塞尔维亚女歌手的照片。有轨电车紧挨着卡车驶过，面包碰到了风挡玻璃。司机把有轨电车的娘逐一骂了一遍。

城市的后面是没有方向的，无边无际的麦茬儿，无边无际到眼睛再也捕捉不到那种苍白的色彩。看到的只有灌木丛和树叶上的尘土。

联合收割机很高，驾驶员说，坐在上面，看不见有死人躺在麦田里，这样很好。他的脖子上长有毛发，下巴和汗衫之间的喉头是一只跳动的老鼠。麦子也很高，驾驶员说，士兵的那些狗，你只能看到它们的眼睛。但是如果逃跑，麦子就显得太矮了。阿迪娜死死撑住自己的膝盖。一只鸟在田边晃动着身体，啃食野蔷薇最上面那个枝头上的果子。一只红鸢，驾驶员说。人们所说的上帝的田地，指的就是坟墓，他说，我曾经在收割机上坐过，有三个夏天紧靠着国界，收割的时候独自一人在田野上，有两个冬天在犁地，犁地总是在夜里。田地有一股子甜甜的气味。应当把麦地说成是上帝的田地。一个好人就好比一块面包，人们这么说，老师在学校对孩子们也是这么说。红鸢踞在田地上，仿佛麦茬捅进了肚子，它一动不动。因为麦茬田坚硬，空荡，而红鸢的肚子柔软，因此在麦茬吸干红鸢的时候，天空上有两片白色的云彩在旋转。驾驶员的眼角抽动了一下，黑刺李结出了黑色的球果，在轮子面前毫不退缩。对孩子不能说一个人就好比一块面包，驾驶员说，孩子会当真的，就不会再长大了。对老年人也不能说，因为他们能感觉出一个人是不是在撒谎，而且会变得像孩子一样小，因为他们什么都不会忘记。他的喉头从下巴跳到汗衫里，他说，我和老婆只有在夜里睡不着觉的时候才说话。我老婆自称是好人，但是她不买面包。驾驶员笑了，他盯着田地，因为地里坑坑洼洼。因此总是我买面包，他说。我们吃面包，而且觉得好吃，老婆也觉得好吃。她一边吃，一边哭，一边变老，一边变肥。她比我好，但是在这里谁又是好人呢？当眼珠从她的脑袋里突出来，她就要去吐，不过不叫喊。驾驶员把汗衫掖进裤子，说，她干呕的声音很轻，不想让邻居听见。

卡车停在田间的路上，孩子们跳进草地。狗尾巴草很深，淹没了孩子们的腿。苍蝇从空西红柿箱子里嗡嗡飞出。太阳有一个红色的肚子，西红柿田一直延伸到山谷。

农学家站在箱子边上等候。他弯下身，摸裤腿上的狗尾巴草。领带在他的嘴前飘舞。他摘下身上狗尾巴草的针须握在手中。他的袖子上、后背上沾满了针须。针须在他身上往上爬的速度远远快于他摘下来的速度。他把各种杂草的娘都骂遍了。他看手表，表盘在阳光下闪亮。他看狗尾巴草，如果狗尾巴草也在闪亮，说明它是有欲望的，只要能蔓延，就不怕路途遥远。狗尾巴草悬浮在风中。如果下面没有田地，它就会从天上的云彩中长出来，那样的话世界就长满了狗尾巴草。

孩子们去拿箱子，苍蝇停留在那串疣上。它们在发酵的西红柿中醉了，它们闪光，它们叮人。农学家抬起头，闭上双眼，叫喊道，今天我说最后一遍，你们到这儿是来劳动的，每天都是熟的西红柿还挂在枝上，青的却都给摘了，红的在地上给踩烂了。他一边的嘴角上挂着根狗尾巴草的针须，他用手去摸，但是摸不到。他叫喊道，你们给农业带来的不是好处，而是毁灭，这是你们学校的耻辱。他用舌尖找到了草的针须，吐了出来。每天十五箱，这是标准，他说。不要成天到晚喝水，到了十二点可以休息半个小时，那个时候可以吃饭、喝水、上厕所。农学家的头发上沾了一团飞廉。

孩子们两人一组走进田地，空箱子在两人之间晃悠。箱子的把手被挤烂的西红柿弄得滑唧唧的。这种植物绿得可怕，却挂满了红色的果实，就连最细小的茎上也挂有红色。那一串疣因采摘而变得血淋淋的，红艳艳的西红柿令眼睛痴迷，箱子很深，永远也装不满。孩子们的嘴角滴出红色的汁液。在他们的头的周围，西红柿飞来飞去，爆裂，然后染红了飞廉团。

一个女孩子在唱歌：

我在小路上面走
碰到了一个少女的下面

女孩子把一只雨蛙塞进裤子口袋。我要把它带回家，她说，她用手捂住裤子口袋。它会死的，阿迪娜说。女孩子笑了。没关系，没关系，她说。农学家朝天空望去，用手抓住一团飞廉，用口哨吹那支少女的歌。两个男孩子坐在一个装了一半的箱子上，双胞胎，没人能分辨出他们，他们是一个男孩同时出现两次。

双胞胎中的一个将两个又大又红的西红柿塞在汗衫下面，另一个用双手抚摸这两个用西红柿做成的乳房，他弯曲手指，将汗衫下面的西红柿捏碎，用空荡荡的眼神看着裤兜里揣雨蛙的女孩子。汗衫变红了，裤兜里揣雨蛙的女孩子笑了。西红柿被捏碎的那个男孩子用手去抓双胞胎兄弟的脸。兄弟俩在地上滚成一团。阿迪娜朝他们伸出手，接着又缩了回来。他们俩谁先动的手？她问。裤兜里揣雨蛙的女孩子耸了耸肩。

一条领带

　　骑自行车的人走在人行道上，一只手在身旁推着自行车，链条发出沙拉沙拉的响声。骑自行车的人走在两个轮子之间，经过公园，朝桥走去。

　　系红蓝斑点领带的男人从桥上走来。下巴边的手上夹着一根长长的白色的香烟，过滤嘴旁边闪亮的是一个婚戒。他朝草丛中，朝那个在恐惧的气息中能将脚步变得垂直的公园吐出一口烟。男人在衣领和耳朵之间有一个指甲大小的胎记。

　　骑自行车的人停下脚步，他从裤子口袋里取出一根香烟。他什么也没说，那个男人却伸过那根长长的白色的香烟，递给他。骑自行车的人将嘴里的烟丝吐出来，嘴里冒出一股烟，他推着自行车继续往下走。

　　公园里的一根树枝发出咔嚓声。骑自行车的人转过头，不过是阴影中的一只乌鸦，它们走起路来总是一跳一跳的。骑自行车的人缩起腮帮，朝公园里吐了一口烟。

系红蓝斑点领带的男人站在交叉路口，信号灯在闪亮。灯变绿的时候，他必须加快脚步，因为克拉拉已经过了街。

克拉拉站在店铺的皮毛大衣前，男人的目光穿过橱窗。他把抽了一半的香烟扔在沥青路上，朝店里吐了一口零落的烟。

他转动领带架。皮大衣的羊羔毛是白色的。只有一件是绿色的，仿佛在缝大衣的时候，牧场的青草浸透了进去。穿这件大衣的女人在冬天会非常耀眼，夏日会在白雪之中跟随她的脚步。

系红蓝斑点领带的男人拿了三根领带走到窗前。在这儿颜色看上去不一样，他说，你看哪条最配我？克拉拉将手指放在嘴上，问，你是说配你还是配外套？配我，他说。她用手压扁绿色的羊羔毛领子。都不配，她说，你现在戴的这条更好看。他的鞋子在闪亮，他的下巴很光滑，他头发中间的分界如同一根白线。我叫帕弗尔，他朝她伸出手。他并没有摇晃她的手，而是紧紧攥住她的手指。她看他手表上的指针，说出自己的名字，看他的大拇指指甲，然后看他裤子上的熨烫缝。他把她的手攥了很长时间。我是律师，他说。他的头后面竖立着一个空的货架，上面的灰尘中有指纹印。你的名字很好听，帕弗尔说，你的裙子也很漂亮。不是这儿买的，一个希腊女人给的，克拉拉说。

她的眼神空空荡荡的，舌头却是热乎乎的，她通过架子上的积灰可以看出，店里面很暗，外面的街上很亮。中午将里面和外面的光线分开。她要走，他握着她的手不放。她感觉到脖子上有一个小小的闪闪发亮的轮子，轮子在转动。她从他的身边走出店门。在外面，阳光把一个淡淡的阴影投在她的鼻子下面，她不知道那个闪闪发亮的轮子是希望得到绿色羊羔毛呢，还是希望得到那个系有红蓝斑点领带的男人。不过她感觉到了，脖子上的那个轮子虽然在转向绿色大衣，却停留在这个男人的身上。

一个老妇人坐在教堂的台阶上，她脚上穿着一双厚厚的长筒羊毛袜，身上穿着一件厚厚的带褶的裙子和一件白色的外套。她的身旁有一个柳条编织的篮子，篮子上盖着一块湿布。帕弗尔掀起布，是秋水仙，手指般粗细的花束，排放整齐，用白线一直捆扎到花的顶端，下面是一块布，有花，然后又是一块布。一层一层全是鲜花、布和线。帕弗尔从篮子里取出十束花。一个手指一束，他说。老妇人从衣服里面抽出一根绳子，上面挂着一个钱包。克拉拉看见了她的乳头，像两个螺帽一样挂在皮肤上。花被克拉拉拿在手上，闻上去有股铁和草的气味。铁丝厂后院里的草在下雨后都是这个味道。

帕弗尔一抬头，人行道跌出了墨镜的反射。有轨电车的轨道上有一个被压烂的西瓜，麻雀在啃吃红色的瓜肉。如果工人把他们的饭放在桌子上，麻雀就会吃掉他们的面包，克拉拉说。她看着他的太阳穴，在他的墨镜中看到一棵棵移开的树。他带着这些一棵棵移开的树看着她。他赶走一只马蜂，在说着什么。很好，克拉拉说，你知道工厂有什么好的吗？

帕弗尔在汽车里系鞋带，克拉拉在闻秋水仙。汽车在行驶，街道满是灰尘，一只垃圾桶在燃烧。

一只狗趴在街上，帕弗尔按喇叭，狗慢腾腾地走开，躺在草地里。

　　克拉拉手里拿着钥匙，帕弗尔握住她的手，闻秋水仙。克拉拉把自己的窗户指给他看。我还没有看见过你的眼睛，她说。帕弗尔用手扶住眼镜架，她看见了他的婚戒。他没有摘下墨镜。

夏天的内脏

　　歌剧广场上没有杨树，城市在歌剧广场上不是条状的，只有路人和行驶的有轨电车的影子留下的斑块。紫杉在顶端将针叶紧紧收起，冲着天空和教堂钟楼的大钟关闭自己的树心。要想坐到紫杉前的长凳上，必须穿过热乎乎的沥青。长凳后面的针叶要么是落下来的，要么是根本没有长出来的，长凳扶手后面的树心是敞开的。

　　长凳上坐着一些老人，他们在寻找能持续下去的阴影。紫杉给人一种错觉，它们在短时间内把有轨电车行驶的阴影当作自己的阴影奉献给人们。当老人们坐定后，它们会让阴影重新走开。老人们打开报纸，阳光透过他们的手指，花坛中的红色的微型月季透过报纸对着独裁者额头上的卷发闪闪发亮。老人们分开坐着，他们没在看报纸。

　　有的时候会有一个没找到座位的问，你在干什么？坐着的会用报纸对着脸扇风，把手放在膝盖上，耸耸肩。坐着思考？路过的问。坐着的会指着两个空奶瓶说，坐着，就是坐着。没关系，路过的说，没关系。然后摇摇头，继续往下走。坐着的会摇摇头，看着他的背影。

有的时候，一把刨子、一块木板会闪过老年人的脑海，停留在太阳穴，和紫杉靠得非常近，让人们无法区分工具上的木头和紫杉上的树心，无法将它们同牛奶不够喝、面包可以数的小店里正在进行的排队区分开来。

广场上有五个警察，他们戴着白手套，用哨子给路人吹着步伐的节奏。太阳无遮无拦，如果在中午时分朝歌剧院上方的白色阳台望去，整个脸庞面对的是一片空空荡荡。警察的哨子闪闪发亮，哨子的共鸣腔在手指间呈圆弧的形状。共鸣腔很深，好像每个警察口中都含着一把没有把子的勺子。警察的制服是深蓝色的，他们的脸庞年轻而又苍白。路人的脸庞因炎热而显得肿胀。路人赤裸在这种光亮中。女人们从集市走过广场，手里拎着装菜的透明塑料袋，男人们手里拿的是酒瓶。两手空空荡荡的人，手里既没有水果蔬菜也没有酒瓶的人，他们的眼神都有些恍惚。他们会看着其他人透明塑料袋里的水果和蔬菜，仿佛它们是夏天的内脏。女人的肋骨下面是西红柿、洋葱、苹果，男人的肋骨下面是酒瓶。中间是白色的阳台，眼睛是空空荡荡的。

广场被管制了，有轨电车停在紫杉的后面。广场后面狭窄的街道上传来缓缓的哀乐，回声荡响在广场上方，天空划过城市上方。男人们和女人们把他们的透明塑料袋放在鞋子前面。一辆卡车从一条狭窄的街道里缓缓驶出，车厢的侧板是放下来的，上面蒙着一面红色的旗布。警察的哨音哑了，司机的袖子上，白色的袖口在闪亮。

卡车上摆放着一口没有盖棺的棺材。

死者的头发是白色的，他的脸下陷，嘴比眼窝还深，他的下巴上有绿色的蕨类植物在颤动。

一个男人从塑料袋里拿出一瓶酒，他在喝的时候，一只眼看酒流入自己的嘴巴，另一只眼在看死者的制服。他说，在军队的时候一个上尉对我说过，死去的军官都有纪念碑。他旁边的女人从塑料袋里拿出一个苹果。她咬了一口，一只眼在看死者的脸，另一只眼在看棺材后面死者的大幅照片。照片上的脸比棺材里的脸年轻二十岁，她说。那个男人把酒瓶放在鞋子前，说，有很多人哭灵的死人会变成一棵树，没有人哭灵的死人会变成一块石头。但是如果一个人是在世界的这个地方死，而为他哭灵的人是在世界的其他地方哭，这不管用，女人说，这样每个死人都会变成石头。

死者的后面跟着一个天鹅绒的枕头，上面挂满了死者的奖章。奖章的后面跟着一个凋零的女人，搀扶在一个年轻男人的手臂上。凋零女人的身后跟着一个军乐队。管乐器闪闪发亮，在亮光下显得大了不少。乐队后面跟着的是参加葬礼的人，他们踢踏着脚步，女人们手里拿着玻璃纸包装的唐苍蒲，孩子们手里拿着的是没有包装的九月花。

帕弗尔走在葬礼队伍的中间。

广场旁边，那个男人刚才喝酒的地方，放着一个酒瓶，旁边是一个吃了一半的苹果。哀乐从各个街角轻轻传出。英雄墓地在城市的后面。广场的地上有被踩烂的唐苍蒲。有轨电车在驶过。

老人们走过空空荡荡的广场，他们空空荡荡的牛奶瓶发出哐当哐当的声响。他们停下脚步，不走了，没有任何原因。上面，歌剧院白色阳台的柱子挺立在风的阴影中。软沥青上的洞是参加葬礼的女人们用高跟鞋踩出来的。

西瓜的日子
南瓜的日子

厕所的水池子里有一块泡肿的棉花团，水是锈红色的，吸出了棉花团中的血。马桶座圈上沾有西瓜子。

当女人们大腿之间夹着棉花团时，她们的肚子里就会有西瓜的血。每个月都有西瓜的血，还有西瓜的重量，让人感到疼痛。

女人靠西瓜的血可以拴住每一个男人，克拉拉说。在铁丝厂，女人们相互传说，她们如何每月一次在靠近傍晚的时候把西瓜血搅进男人的西红柿汤里。在这一天，她们不把汤锅放在桌子上，而是把汤碗一个一个地拿到炉子边上，盛满汤。炉边上的一个汤勺里，西瓜血在等候男人的汤碗。她们用汤勺在汤里搅，直到血块全部溶化。

在西瓜的日子里，铁丝网的铁丝会爬过她们的脸，在爬上大卷之前，会先被一米一米地丈量。铁丝网编织机发出隆隆的声响，女人们双手锈迹斑斑，目光无神。

工厂的女人们会在傍晚或者晚上把男人拴在身边，克拉拉说，早晨她们没有时间。早晨，她们从男人的梦中匆匆离去，脸上带着充满睡意的床和空气浑浊的房间走向工厂。

女佣的女儿说，把男人拴在身边是在早晨，早晨的肚子是空的。因为在西瓜的日子里，军官的妻子是在早晨，在军官去军营前，给军官的咖啡里搅拌进去四块西瓜血。她总是用咖啡杯给丈夫送上咖啡，里面不放糖。她知道，他会放两勺糖，然后在杯子里不停地搅。血块溶化的速度比糖快。军官的妻子对女佣的女儿说，最好使用第二天的血。军官妻子的西瓜血存在于军官走在桥梁上的每一步和他每天喝的每一样东西中。一个月四块，每块可以持续一个星期。

女人要想拴住男人，血块必须和男人大拇指的指甲盖一样大，军官的妻子说。西瓜血先在咖啡里溶化，经过嗓子后会重新凝结，军官的妻子说。血不经过心脏，也不会流淌进胃。西瓜血遏制不住军官的兴致，没有任何东西能遏制兴致，因为兴致会飞，它能挣脱所有的羁绊，它会飞向其他的女人。但是西瓜血会在男人脖子的部位沉淀。它会凝固，会包围心脏。军官的心留不住其他女人的形象，女佣的女儿说，他会欺骗他的妻子，但是绝对不会离开她。

厕所的墙上有两行字：

山冈上，傍晚的钟声
在伤心地鸣响

这是一首诗中的两行，诗被收录在教科书里，孩子们在学校要学习这首诗。这是物理老师的字迹，女佣的女儿说，有两个字母我能认出是他写的。两行字在墙上是斜着往上写的。

阿迪娜的大腿之间在热乎乎地流淌，厕所门上的插销插上了。阿迪娜将胳膊肘压在大腿上，她想通过挤压让流淌声轻一些，均匀一些。但是她的肚子并不知道什么是轻声，什么是均匀。水箱上面有一个小窗户，没有玻璃，张满了蜘蛛网，但是里面从来没有蜘蛛，水箱的哗哗声把它们赶走了。只有一束光线每天待在墙上，看着每一个人，看他们如何用双手搓揉报纸，直到字迹模糊，手指发灰。报纸经过搓揉后在大腿上就不刮皮肤了。

清洁女工说，教师厕所没有卫生纸，因为有一次连续三天每天都有一整卷的卫生纸，但是在那三天的每一天，整卷的卫生纸都是在刚放十五分钟就被偷走了，而三卷卫生纸计划是应当维持三个星期的。

在半封建半市民的社会制度下，玉米棒和萝卜叶已经够好的了，校长在会议上说，那个时候只有大地主才有报纸，而在今天，每个人家里都有一份报纸。但是对讲究的先生和女士来讲，报纸的纸张太硬了。校长从一张报纸上撕下一个角，用双手搓揉了一番，说，简单得就和洗手一样，我想不会有人对我说，他不知道怎么洗手。一个三十岁的人如果还不会，那就应当学一下。他的眉毛在鼻根上面锁在一起，细细的，灰灰的，如同额头上有一根老鼠尾巴。

清洁女工的脸上浮现出微笑，她在椅子上磨蹭了一会儿，她站起来时，校长朝桌子下面看去。今天人人家里都有报纸，清洁女工说，但是校长同志，您忘记了，萝卜叶太软，手指头会捅通叶子，牛蒡叶子要好一些。够了，校长说，再往下就没完没了了。

女佣的女儿用脚踢了一下阿迪娜。清洁女工可以为所欲为，她说，因为她和校长上床。她丈夫是电工，昨天到学校来了，他在校长的桌子上吐了一口痰，还从他的西装上扯掉两颗扣子，扣子掉到橱柜底下了。电工走了以后，物理老师被安排把橱柜从墙边搬开，后来在上课的当中去裁缝店找针线。外套他不用带去。扣子让清洁女工缝上去，校长说。

清洁女工只许剪报纸的最后几张，通讯报道版、体育版和电视节目预告。前面几张必须交给校长，由党委书记保存。

阿迪娜拉了一下抽水马桶。在盥洗室的镜子

前，灯光被阿迪娜的头发穿成了一串，头发悬挂在灯光上，而不是长在头上，她扭开水龙头。厕所门的插销缩了回去，从厕所门里走出来的是校长。他靠在阿迪娜身边，让自己出现在镜子中。他张开嘴。我牙疼，他对着镜子说。是的，校长先生，她说。他的臼齿是镶金的。应当说校长同志，他说。他的臼齿闪烁着黄光。西瓜的日子在男人的身上是南瓜的日子，阿迪娜心想。校长用一块熨烫得四四方方的手帕擦了擦嘴。最后一节课结束后到我这儿来一下，他说，说完在阿迪娜的肩上摘下一根头发。好的，校长同志，她说。

额头上的卷发在黑板上方闪亮，眼睛里的黑色在闪亮，截获从窗户照射进的光线。孩子们写字时胳膊肘在移动，作文题是收获西红柿。阿迪娜站在窗边的光线旁。农田在作业本里又长了一遍西红柿，农田是由西红柿和疣组成的。

口袋揣雨蛙的女孩子念道：

两个星期来，我们学校的学生一直在帮助农村的农民。我们班的学生帮助收获西红柿。在我们祖国的田野上劳动很幸福，很健康，也很有益。

学校前面有一块四方形的黄草地，后面的住宅楼之间有一栋单独的房子。阿迪娜看着房顶上的长生草。房子的花园在宿舍楼的挤迫下，紧贴着房墙。葡萄藤把窗户爬得严严实实。

早晨我起床时，口袋揣雨蛙的女孩子在朗读，我没有穿我的校服，而是穿上我的工作服。我没有带作业本和课本，而是带了瓶水、黄油面包和一个苹果。

双胞胎中的一个在大喊黄油，用拳头砸长凳。

一辆马车停在房顶长长生草的房子前，一个男人走下车，拎着一网兜面包，穿过花园，走进房子。他紧挨着房墙，走到葡萄藤后面。

口袋揣雨蛙的女孩子朗读道，全体学生八点钟在学校门前集合，一辆卡车把我们送到农田。我们一路行驶一路欢笑。农学家每天都在田边等我们。他又高又瘦。他穿一件西装，手很干净，好看，他很友好。

但是他在昨天扇了你一个耳光，双胞胎中的一个说。马站在一辆空车前，马没有走动。这个你为什么不写？阿迪娜问。

双胞胎中的另一个把头拱到凳子下，耳光的事情是不能写的，他说，他手里拿着一块奶油面包，将面包粘在作文上。

口袋揣雨蛙的女孩子从辫子上拽下一个蝴蝶结，把辫梢咬在嘴巴里，哭了。

那个男人带着空网兜穿过葡萄藤，登上马车。一个侏儒在学校前的草地上走过。他的红色汗衫在闪亮，他的手里拿着一个西瓜。

女同志，口袋揣雨蛙的女孩子对阿迪娜说。

校长办公室门上方挂着一个壁钟，指针在检测师生到校和离校的时间。校长的头上方垂挂着一绺额头上的卷发，还有眼睛中的黑色。地毯上有一块墨水的污渍，玻璃橱柜里摆放的是独裁者的讲话。校长身上有股香水和苦茎烟丝的味道。知道为什么喊你过来吗？校长说。他的胳膊肘旁有一朵被扭向一边的大丽花，花瓶里的水是浑浊的。不，阿迪娜说，我不知道。校长的眉毛锁得紧紧的，细细的，灰灰的。你对学生说过，他们可以吃西红柿，能吃多少就吃多少，因为西红柿是不允许带回家的。剥削未成年的孩子，这也是你说的。大丽花上方的光线中有一块灰。不是这样的，校长同志，阿迪娜说，她的声音很轻。校长跨过墨渍，站到阿迪娜的椅子后面。他的呼吸干燥、短促，他把手伸进阿迪娜的领口，顺着后背向下滑。不要说同志，他说，现在我们说的不是这个。

她的后背僵直，她没有因为厌恶而弯下腰。我的后背没有长疣，阿迪娜的嘴在说。校长笑了。那好吧，他说。阿迪娜把后背靠在椅背上，他把手从衣服里抽出来。我这次不会向上汇报，他说。大丽花碰到了他的耳朵。没人相信你，阿迪娜说。她在红色的大丽花花瓣上看见了西瓜的血。我不是这样的人，他说。他的汗味比混在香水味中的烟叶味还要重。他在梳头。

他的梳子的齿是蓝色的。

猫和侏儒

　　一个个头在工厂院内生锈的铁丝卷之间走过。他们一个个先后走过。门卫在望着天空，他在看大门旁边的扩音器。

　　每天早晨从六点到六点半，扩音器都会放音乐。工人的歌曲。门卫称它是晨曲。对他来讲，这个音乐就是一个表。音乐停了走进大门，就算是上班迟到。凡是没有踩着音乐节拍走路的人，凡是在这个院子穿过寂静走向机器的人，都会被记录下来并上报。

　　进行曲奏响的时候，天还没有亮。风在房顶上撞击着瓦楞板，雨在下面拍打着沥青。女人们穿着被溅湿的长筒袜，男人们的帽舌成了雨檐。外面的街道要亮一些。铁丝卷因为夜晚而潮湿，它们黑乎乎的。即便是在夏天，白天降临在工厂院内也要比外面晚一些。

门卫在下午吐出葵花子壳。瓜子壳落在地上和门槛上。女门卫坐在传达室里，在钩毛衣，她的嘴里缺一颗牙齿，她穿一件红色的大褂。她透过牙缝大声地数着针数。她的鞋边坐着一只虎皮猫。

传达室的电话铃响了。门卫用太阳穴聆听铃声。他没有转头，而是看着行走在铁丝卷中的头。女门卫将钩针举到嘴巴的位置，将针头伸进牙缝，又将针顺着喉部探进大褂，在两个奶子之间挠痒。虎皮猫竖起耳朵看着。它的眼珠是黄色的葡萄。在数的过程中，针数停留在女门卫的牙缝中和猫的眼睛中。电话铃声很尖利。铃声悬浮在毛线中，毛线被拿到了女门卫的手中，铃声传到了猫的肚子里。猫爬过女门卫的鞋子，跑进工厂的院子。女门卫没有接电话。

在工厂的院子里，猫就是锈迹和铁丝卷。在工厂的房顶上，猫就是瓦楞板。在办公楼前，猫就是沥青。在盥洗室前，猫就是沙子。在车间，猫就是铁棍、轮子和机油。

在铁丝卷之间行走的头下面，门卫看见的是脖子。铁丝中呼啦啦飞出一群麻雀。门卫朝天上望去。

如果麻雀是单个儿在阳光下飞，它们显得轻盈，如果是成群，则显得沉重。下午被瓦楞板裁剪成斜形。麻雀的叫声变得沙哑了。

工厂院子里的头一个个走近了，他们离开铁丝，离开工厂。门卫已经看见脖子了。他来来回回走。他打哈欠，他的舌头厚厚的，压得他在太阳湿湿地停留在他的下巴上的那段空空荡荡的时间里闭上了眼睛。如果他站在太阳下，他一绺一绺头发下面的那个光秃秃的脑袋便会处于睡眠的状态，看不见走过的人的手和包。

打哈欠对门卫意味着等待。当工人离开铁丝厂的时候，他们的包就是他的包。他们的包要被逐个检查。包如果在手下晃荡，表明包是空的。只有在里面有铁的情况下，包才会僵直地垂着，门卫能看出来。如果里面有铁的话，就算拎包挂在肩上，也是僵直的。人们在工厂唯一能偷的东西就是铁。

门卫的手不会检查所有的包。到了该搜查哪个包的关键时刻，他的手自然就会知道。当一张张脸庞和一个个包从他身边走过时，那就是关键时刻。这个时候门卫脸上的空气同鼻子和嘴巴之间的空气会不一样。门卫会吸进这种空气。他会让自己的直觉在包和包之间做出决定。

决定的做出也取决于传达室的影子，取决于嘴巴里葵花子的味道。如果有瓜子走油了，他的舌头会感到苦涩，颧骨会变得坚硬，眼神会变得固执，指尖会颤抖。此时把手放进第一个包里去翻动，手指便会觉得安全。用手按住陌生的物体，这种抓的动作是贪婪的。用手在包里翻动，对门卫来讲是在抽每个人的脸。他能让这些脸在惨白和羞红之间变化。它们再也恢复不到原来的状态。当他做了一个指向大门的手势时，这些脸会离开工厂大门，或深陷，或鼓胀，即便已经到了外面的街道上，它们仍然神情恍惚。视觉和听觉变得模糊，太阳在他们看来宛如一只大手。鼻子已经不够用了，在有轨电车上，它们用嘴巴和眼睛在别人的脸上大口吸气。

搜包时，门卫能听到嗓子里干干的吞咽声。喉头干燥得如同台虎钳，恐惧在胃里翻腾。门卫闻到了恐惧的气味，它如同一种腐臭的空气从男人和女人的体内冒出来，停留在膝盖窝的高度。如果门卫在一个包里翻弄的时间长一些，许多人会在恐惧中放出一个，然后又是一个无声的屁。

门卫有严格的信仰，这是女门卫告诉克拉拉

的。因此他不爱人。他会惩罚所有没有信仰的人。他会欣赏所有有信仰的人。他并不爱所有有信仰的人，而是敬重他们。他敬重党委书记，因为他的信仰是党。他敬重厂长，因为他的信仰是权力。

女门卫从头发里抽出发卡，塞进牙缝，然后把头发紧紧盘在一起。大部分有点信仰的人，克拉拉说过，都是高高在上的同志，他们不需要这个门卫。

女门卫把发卡深深插入头发。还有其他人，她说。克拉拉站在门口，女门卫坐在传达室里。你信仰上帝吗？女门卫问。克拉拉的目光越过她的头，落在她的发髻上，落在用铁丝做成的弯弯的发卡上。发卡的齿尖已经没有了，它朝上弯曲，细细的像头发一样，如同孤零零的一根线，但是要亮一些。我有的时候有信仰，有的时候没信仰，克拉拉说，如果我没烦恼，我就会忘掉信仰。女门卫用窗帘角擦去电话上的灰尘。门卫说信仰是一种能力，她说。工人不信仰上帝，不信仰他们的工作。门卫说上帝对工人来说不过是不上班的一天，在这一天，只要上帝高兴，工人们的餐桌上就会有一只炸鸡。门卫不吃飞禽，她说。她在说话的时候在窗玻璃上看自己的眼睛，还有自己的大褂。大褂在玻璃里显得颜色深一些。门卫说，工人在周末用吃肚子里塞鸡肝的炸鸡来取代信仰上帝。

麻雀群散开了，车间的窗玻璃是破的，麻雀在玻璃里寻找洞。它们飞进车间的速度比门卫的眼神要快。女门卫笑着说，不要看，否则麻雀会穿过你的额头。门卫看自己的手，手指上的黑毛，手指的关节。下午的阴影斜裁了他膝盖下面的裤子。铁丝卷前，灰尘在打着滚地飞扬。

一把刀，一个脏兮兮的一次性杯子，一张报纸，一块面包皮。报纸下有一把螺丝。哼，哼，门卫说。男人合上包。

一封信，一小瓶指甲油，一个塑料袋，一本书，放在购物袋里的衣服。一支口红从衣服口袋里掉到地上。门卫弯下身。他打开口红，在手指关节上画出一条红线，他用舌头舔了一下红线。呸，他说，烂覆盆子和蚊子。

男人的大拇指上有一道伤口，他的包搭扣生锈了。门卫从包里拿出一把折叠刀，刀下面有一顶帽子，帽子下面有一个熨斗。看，这是什么？门卫说。我只是修了插头，男人说。上班时间，门卫说。他把熨斗放进门房，把所有插头的娘都骂了个遍。身穿绿色大褂的女门卫把熨斗放在手上，她伸开手指，凉凉地熨了一遍自己的手掌。

一个手提包。一个棉花团落在地上。大拇指有伤的男人弯下身。一个女人把一绺头发撩到耳后，从男人受伤的手里抽出棉花团。棉花里有一颗葵花子壳和一只蚂蚁。

克拉拉笑了，太阳在她的牙齿上闪着白光。门卫挥手让她过去。女门卫的牙缝在笑。

大拇指有伤的男人从包里拿出帽子，把帽子盖在拳头上，然后伸出食指，让深色的帽子在手指上转动，如同一个轮子。女门卫笑了，她的牙缝是一个漏斗，她的笑声在变尖。大拇指有伤的男人一边看着帽子转出的圈，一边唱道：

还欠着房租
已经有一个月没付

他的拳头是一个轮子，他肘窝处的一根血管时粗时细。他的眼睛在注视着女门卫的钩针。

房子的主人啊，主人啊，

把我们扔到了街上

他的嘴在唱，他的眼睛在眯缝，他的拳头在飞舞。另外一只手，那只空的手，大拇指有伤的手没有去关包上面那个生锈的搭扣。男人的歌声在等着熨斗。

一片金合欢的叶子在门缝里晃动，挣脱了以后，开始飞呀飞呀。女门卫的目光追随着叶子。叶子是黄色的，如同猫的眼睛。大拇指有伤的男人看着手表。

那只猫每年都下崽。小猫和它一样都是虎皮纹的。它总是趁着小猫还是湿叽叽的还没有睁眼的时候，把它们吃掉。把幼崽吃掉后，老猫会伤心一个星期。它会在院子里来回溜达。它的肚子平了，溜达的圈子很小，能穿过和经过所有的东西。

猫在伤心的这段时间不吃肉，只吃刚长出来的草尖和后院台阶边上的盐渍。

编织机的女工们都说，猫是从城郊跑来的。仓库保管员说，猫是从工厂的院子里，从慢慢渗透雨水的装铁屑的箱子里冒出来的。他在从仓库到办公室的路上，在装铁屑的箱子中间发现它的时候，它浑身湿漉漉的，满是锈色，还不如一个苹果大。它的眼睛还没睁开。保管员把它放在一只皮手套上，送到大门口的门卫那儿。

门卫把猫放在了一只皮帽子里。

我用一根麦管给它喂奶，喂了有三十天，女门卫说。因为没人要它，女门卫说，于是我就把它养大了。过了一个星期，门卫说，它能睁眼了。我当时吓了一跳，因为在它的眼睛里，在它的两只眼睛里，都有保管员的身影。直到今天，每当猫舒服得打呼噜时，都能在它的两只眼睛里看见保管员的影子。

对猫来讲，工厂和它的鼻子一样大。它什么都闻。在车间闻，在最后面的充斥着汗水、挨冻、叫喊、哭泣和偷窃的角落闻。在院子里的铁丝卷之间闻，在那里，草儿被闷死，被站着踩得稀烂，那里有喘息，那里有做爱。在那里，受孕和偷窃一样，是贪婪的和隐藏的。

后门只有卡车驶进驶出，房顶是油毛毡的，雨檐是剖开的橡胶轮胎，栅栏是变形的汽车门和柳条。

这里有一条弯弯曲曲的街道，它的名字叫凯旋大街。雨檐把雨水排到凯旋大街上。后门旁边的小窗户是仓库。保管员就在那儿上班，他的名字叫格里高。

在仓库，劳保服装是堆成小山的灰棉衣、灰皮围裙、灰皮手套和灰胶靴。在这座灰色的小山前有一个倒放的大箱子，这是桌子，还有一个倒过来放的小箱子，这是椅子。桌子上放着一份写有所有工人姓名的花名册。在椅子上坐着的是格里高。

格里高卖金子，女门卫说，金项链，还有金戒指。东西都是从一个在战争中失去一条腿的老吉卜赛人那儿收来的。老人住在城边，在英雄墓地的边上。老人的金子又是从一个塞尔维亚年轻人那儿买来的，年轻人住在边界，匈牙利和塞尔维亚交界的地方。他在塞尔维亚有亲戚，到那儿做一些小边贸。边境海关有他的表亲。

格里高有时还有俄罗斯的东西。那些粗的金项链是俄罗斯的，细的是塞尔维亚的。粗的是冲压成心形，细的是冲压成骰子形。婚戒是匈牙利的。

如果格里高握紧手，然后慢慢松开手指，项链会像金丝一样滑过他的手指。他让项链垂挂着晃悠，然后把它对着窗户放到光线中。

锈铁丝在双手上来来回回拉了有半年。然后工资袋被送到了格里高的手中。一根金项链围在了脖子上。过了几天，天色已晚，当项链在睡衣上闪亮，脚赤裸地站在地毯上时，有人敲门。一个身穿西服的人站在前面，一个身穿制服的人站在后面。过道上的灯光昏暗。橡皮棍在裤腿上晃荡。句子很简短，陌生人的脸颊在闪光，一块光滑的光亮时而上升，时而下降。声音保持低沉，几乎是平平的，但是却是冷冷的。陌生的鞋子站在地毯边。脖子上的项链被没收了。

第二天早晨，第一班有轨电车上，格里高重又得回了自己的项链，当时车厢里没什么人，灯光因晃动而忽明忽灭。那个穿西服的人在啤酒厂旁边的车站上车，一言不发地交给他一个火柴盒。

格里高这几天一直是第一个到工厂，桥下的水流动得还很平缓，天空因黑暗而呈拱形。他冷得发抖，他抽烟。他拿着他的项链，跟在香烟的烟雾后面，走过铁丝卷，这时扩音器还没有声音。过了几个小时，他再次拎着项链晃悠，在凯旋广场的小窗户前让项链滑过手指。同样的，但不是同一张的钞票又来了，如同同样的，但不是同一个的画面会再次出现在猫的眼睛中。

门卫说，仓库保管员在早晨卖了项链后，经常会在晚上向警察报告。但是戒指他不报告。

门卫敬重格里高，因为格里高信仰的是钱。

黑市是黑色的，女门卫说，不要去买，黑色的东西都是不靠谱的。门卫说，有人有，有人要，世界就转起来了，大家都在凭本事干事。

当保管员把那些女人放倒在左面的角落时，猫也在闻。小山在那里有一个缺口和通道。通道的上方就是窗户。格里高解开裤子时，那些女人会把腿高高地跷到他的头上。猫从房顶爬进来，坐在缺口上方的小山顶上。猫是为这些女人而坐在这里的，因为女人腿上胶靴的位置高过了眼睛，跷在了头上。女人的目光会越过胶靴和对面的额头，向上一直通向猫的眼睛。把它赶走，那些女人说，把它赶走。格里高说，没关系，它看不见的，没关系。猫则在竖着耳朵看着。

完事后那些女人会浑身是汗地站在桌前，手臂上搭着一件灰棉衣。她们在保管员的花名册上找自己的名字签上字。猫从不等到女人们的手签完字，它从房顶爬出去，穿过院子的铁丝卷跑进车间。

猫的眼睛里有一幅画面。所有人都能看见所发生的事。大家都在谈论，谈论刚刚在工厂里匆匆进行的站着插进去的和躺着插进去的爱。就连谈论这个爱也是匆匆进行的。所有人的手都放在猫走过来时摆放的铁丝上没有动。因为没有一幅画会长时间地待在猫眼睛里。很快就会有另一幅画面进入猫的眼睛。在下一幅画面中，每一个嫉妒都知道，每一个女人脸上的油斑都知道，出现在猫眼睛里的将会是她们自己。春天或秋天，当棉衣破了线，当肘子的部位绽开了口子，当风要么冷要么热地掠过油毛毡顶，穿过栅栏吹到凯旋广场上，其他人就会盯着看，因为猫会带着那些此刻站在编织机前的大褂下的大腿，赤条条地、叉得很开地、位置比脸还要高地穿过工厂的院子。

每年只有一个星期，猫的眼睛里不会携带画面，那是它为被自己吃掉的幼崽伤心的时候。女人们说，谁如果走运，能在这个盲目和转瞬即逝的星期被匆匆的爱迷住心窍，就不会在工厂里被人发现。

只有贿赂女门卫才能知道，这个星期出现在什么时候。贿赂她的人很多。所有的人，女门卫说。而且我会在日历上做标记，她说，其实我对每个女人完全是随口瞎说的。

女人们蜂拥而至，急忙地插入队伍抢先进入那个虚假的伤心之周。

然而由于在真正的伤心之周，车间、院子、盥洗室、办公室之间的爱如同一团乱麻，因此，苟合的男女们便纷纷落入门卫、清洁女工、工段长、锅炉工的视线中。有一个小小的区别：在真正的伤心之周，由于猫的眼睛里没有画面，因此每一场爱都是一个谣言。

女人们的孩子长得都像格里高，女门卫说。谢天谢地女人们不带她们的孩子到工厂，我从来没有看见她们的孩子同时出现过，都是先后看见的。有高有矮，有瘦有胖，有黑有金黄，有男孩有女孩。如果他们都站在一起，人们就能看出来他们是兄弟姐妹。长得完全不一样，女门卫说，但是每个人的脸上都有一块巴掌大的格里高的影子。

女人们的孩子在出生的时候就已经患上失眠症了。医生都说是机油造成的。这些孩子们开始长大，他们之后将会离开工厂。

　　但是总有一个时间，女门卫说，他们会来传达室找他们的妈妈。很少有什么非找不可的理由，大部分没有理由。

　　这些孩子们会站在那里，女门卫说，紧靠着传达室，告诉她他们是谁，好让门卫喊他们的母亲。他们站在那里，胆怯地把指尖放在脸颊上，既不看男门卫也不看女门卫。当他们说自己是谁的时候，他们的眼睛捕捉到的唯有这些铁丝和铭刻在心中的院子。他们心不在焉地看着。他们站在那里的时间越长，脸上那块巴掌大的格里高的影子就越加从脸上显现出来。

　　在大汗衫和小汗衫上，在大裙子和小裙子上，在及膝盖的袜子上，女门卫看到了锈斑。当这些小的、长高的或者几乎已经成人的孩子们紧挨着传达室站着，等候着，女门卫看到了长成齿形的锈斑——每个孩子在衣服的某个地方都有一块干巴巴的破碎的叶子形状的锈斑。

　　弄出锈斑的母亲们的手，也就是吃饭前给男人的汤里搅拌进西瓜血的那双手。黑色的指甲圈在洗衣服时溶化了。衣服洗完后，锈迹不是在水里，也不是在泡沫里，而是在布料里。女门卫说，在风里晾干也好，熨烫也好，去污盐也好，都不管用。

　　那些无辜的兄弟姐妹们，那些格里高的孩子们，即便过了十年，女门卫也仍然能认出他们。然后数吨的铁锈和铁丝网从大门运了出去。然后又有数吨的铁锈和铁丝被重新编织成网，在青草还没有寻找到生长所需要的阳光之前，在同样的地方堆积起来。那个时候这些孩子也会在这个工厂工作，尽管他们从来不希望这样。他们到这儿来，因为他们不知道往下该怎么办。他们从鼻尖到鞋尖都找不到路，因为没有路，他们在贫困中得到的只有穷困潦倒，毫无出路，只有母亲对孩子和孩子的孩子的厌恶。他们每次来总是带着那种虽是一成不变但却总是出乎意料的强迫：开始的时候他们动不动就发怒，大声吵吵，后来则变得软弱，默不作声，独自闷头劳动。机油的味道依旧刺激，他们的手早已有了那道黑黑的圈。他们结婚，在白班和夜班之间，用有高有低的体位，将已经干瘪的爱插进对方的肚子，然后有了孩子。孩子带着锈斑躺在襁褓里。他们长大，穿上小的，然后是大的汗衫、裙子、袜子。他们也将带着干巴巴的破碎的叶子形状的锈斑站在传达室旁，等候。也同样不知道，他们今后永远不会找到出路，今后永远不会有新的思想。

格里高的母亲也是工厂的女工，和女门卫的母亲一样。

钩针放在桌子上。工厂的院子静悄悄的，风有一股麦芽的味道。那边房顶的后面矗立着啤酒厂的冷却塔。塔里有包裹着保温层的粗管子通出来，经过街道的上方，直通河里。管子里有蒸汽冒出来，在白天撕扯着街上行驶的有轨电车。在夜里，它是一道白色的帷幔。有人说，蒸汽有一股老鼠的气味，因为有河鼠在啤酒厂那些比传达室还要大的铁罐里狂饮啤酒，然后便淹死在啤酒中。

在第八天，门卫说，上帝造亚当和夏娃后还剩下一绺毛发，于是便用它造了长羽毛的动物。第九天，上帝面对空旷的世界打了一个嗝儿，于是便造出了啤酒。

传达室的影子逐渐拉长。太阳在凯旋大道和院子里的铁丝卷之间找寻最短的途径。太阳有棱有角，边上被压瘪了进去。在中间，太阳有一个灰色的斑块。

每年夏天快要过去的时候总有那么几天，传达室上面的扩音器会发出沙沙的声音。每到这个时候，门卫会朝天上望去，然后说，瓦楞板上面的、城市所有屋顶上面的、啤酒厂冷却塔上面的太阳是一个生锈的水龙头。

大门口的路上有一个坑，麻雀在里面扑腾着灰尘。它们中间有一个螺丝。

男门卫和女门卫坐在传达室里打扑克。熨斗摆放在桌子的边上。门卫向领导报告了那个大拇指有伤的男人，他没收了他的熨斗。大拇指有伤的男人明天会得到一份书面批评。

麻雀在车间里蹦蹦跳跳。它们的脚和嘴被机油弄得黑乎乎的。它们在啄食葵花子壳、西瓜子和面包渣。当车间空无一人，口号上的字母便会显得特别大。工人，光荣，党。光线会在更衣室的门上伸出长长的脖子。身穿红色汗衫、脚穿厚跟鞋的侏儒用一把满是油污的扫帚在满是油污的地面扫地。他身旁的编织机上有一个西瓜。西瓜比他的头大，瓜皮是深色的，有浅色的条纹。

光线横着照在通往工厂院子的门上。猫坐在门旁边，在吃一块肥猪皮。侏儒透过大门朝院子里望去。

灰尘在无缘无故地飞舞。门发出咯吱的声响。

胡　桃

　　手指关节粗大的女人朝抹布上吐了口唾沫，把苹果擦得闪亮。她把闪亮的苹果挨个儿排在一起，红色的面朝前，有疤的面朝后。苹果个头都很小，而且长歪了。秤盘是空的。她用两个铁鸟头当秤砣，鸟嘴紧挨着，时上时下，直到苹果和秤砣的重量一样。然后它们就停住不动。然后老妇女就会大声计算，直到她的眼睛像那两个鸟嘴一样，紧紧靠在一起。坚硬，不动，因为它们知道，价钱出来了。

　　大市场里卖东西的都是老人。水泥地上，水泥墙间，水泥顶下，水泥桌后，村子悬浮在他们的脸上，还有会悄悄长出早熟禾的园子。

　　里弗自从在多瑙河阻隔的南方平原当老师后，会经常讲述这些村子，讲述夏日整个白天都期盼的夜晚。直到他自己累了，两眼合上了。头进入了睡眠状态，可身体还没有安静下来。里弗讲述孩子们睡觉多么惊，老人们睡觉多么死。讲述在这一惊一死之中，日子的脚步穿越了脚趾，手指因劳作而在夜间颤抖。耳朵在睡眠中分不清自己的呼噜和村警还有村长的声音。他们在梦中又告诉他们一遍，园子里、苗圃里应当种些什么，因为村警和村长有自己的账簿和清单。他们在等待收税，尽管甲虫、粉霉菌、青虫、蜗牛来了，把一切一扫而光，尽管雨水没有眷顾村子，尽管阳光烤焦了村子里的一切，将一切夷为平地，夜晚可以在村子的各个角落同时落幕。

里弗每年进城三次，在他以前住过的保尔的房子里，在他以前生活过很长时间的这座城市里，他找不到自己的容身之处。于是一大早就要酒喝，称酒是梅子奶。

保尔说，里弗走过房间就像一只被关住的狗，走过城市就像一只跑走的狗。保尔说，里弗系于一线，这根线快要断了，他自己也知道，因此不停地讲，直到声音变哑。

里弗在讲村子里的夜晚。夜里只有两个房子

的角落有灯光，一个是村长的，一个是警察的。两个院子，两个台阶，两个花园，被灯光护卫着，一直护卫到树丛里面。很显眼，很安静。其他的一切都是陷进去的。狗跑进黑暗，在早已没有白炽灯照亮的地方，在垂悬在多瑙河上遮挡住房子的树叶下狂吠。

在村子里看不见水，里弗说，也听不见水声。人们只能在头脑正中间听到水声，人们没有脚。很压抑。里弗说，在干旱的土地上，人们会在自己的耳朵中淹死。

有的时候能听到远方有枪声，里弗说。声音不大，如同折断一根树枝，但是不一样，完全不一样。狗于是会在大声吠叫前，先沉寂一会儿。是有人想在黑夜中游出去，游过边界，游过多瑙河。只带着他自己，里弗说，然后就结束了，大家都清楚。人们盯着桌角，把手按在椅子扶手上，闭上一会儿眼睛。我要喝酒，里弗说。梅子奶烧人，眼神慌乱，白炽灯变得模糊。如果没有电，那么变模糊的就是烛光。我喝，一直喝到忘记刚才开了一枪。我喝，一直喝到梅子奶在我的腿中汹涌。我忘记，里弗说，一直忘记到我什么都想不起来，一直到多瑙河不可避免地将村子同世界阻隔开来。

在农村，你是一个城市人，在城市，你是一个农民，保尔对里弗说。回城吧，城市知道你，也知道我，那儿在几百块沥青上有几千个村警。

保尔开始唱歌，里弗跟着哼了起来：

　　　没有脸的脸

　　　沙子做成的额头

　　　没有声音的声音

　　　我能和你们换什么

　　　用我的一个兄弟

　　　换一根香烟

里弗站到椅子上，用手摇晃灯罩，灯线晃来晃去，还有它的影子。

　　　我只有一个思想

　　　我能卖给你们什么

　　　那件皱巴巴的裙子

　　　只有一个扣子

保尔的眼睛半闭着，里弗的眼睛被唱得从额头里突了出来，也许不是他的眼睛，也许是他湿乎乎的嘴。

黑夜用黑暗
缝了一个袋子

里弗用手扶住灯罩。他不唱了。保尔用拳头重重地砸着桌面。

苦涩的三色堇
一辆货车在火车站呼啸
没有大人物的小孩子
沥青上光着脚站着一双鞋

保尔隔着窗户朝近处宿舍楼的天线丛望去。他站起身，把椅子推到桌边，抬起头，朝里弗看去。里弗在无声地笑着。天上没有灯线挂下来，里弗对着沉默说，否则人们的日子就太好过了，到处都可以上吊。

不要这么看，里弗对保尔说。里弗说的句子落到了保尔的脸上。保尔走出房间。里弗从椅子上下来。站到地上后，他像是自言自语地对阿迪娜说，我觉得保尔不是医生。

保尔带着自己的声音独自坐在厨房，代替其他两个人大声跟自己说话。今天晚上，他说，一个男人和一个女人去了医院。男人的头里面有一个小木锄。锄把子竖在头上，像是长在头发里一样。他的头上看不到一滴血。医生们围着这个男人。女人说，事情是一个星期前发生的。男人笑着说他感觉很好。一个女医生说，只要把锄把锯下来就行了，锄头不必全取出来，因为大脑已经习惯了。但是几个医生还是把锄头取了出来。于是男人就死了。

阿迪娜和里弗对望了一会儿。

桌子上的胡萝卜已经全是筋了，洋葱是畸形的。胡桃后面站着的是白铁匠。但是他没有穿皮围裙，脖子上也没有绳子，他的戒指戴在无名指上。他伸手抓胡桃，胡桃发出唰拉唰拉的声音。他的手上的手指一根不少。抓胡桃的男人不是用报纸包水果的那个白铁匠。他没有说慢点吃，每咬一口都要慢慢地品味。

但是如果他是他的话，他就有可能是他。

他长着白铁匠的眼睛，看着秤盘，鸟嘴秤砣在上下起伏。鸟嘴不动了，眼睛知道了价格。阿迪娜打开自己的包，胡桃滚了进去。有两个掉到地上。阿迪娜弯下身。

一个系红蓝斑点领带的男人抢在她的前面弯下身。阿迪娜撞到了他的肩头。他抓住滚走的胡桃。阿迪娜看见他的脖子上有一块胎记，大小和她的指尖差不多。他把两个胡桃扔进阿迪娜的包。它们不喜欢你，他说，要不然骂人为什么会说笨胡桃，我可以吃一个吗？阿迪娜点点头。他从包里拿出两个胡桃，握紧手，一边走一边用一个胡桃挤压另一个胡桃。胡桃壳发出咔嚓声，他松开手。一个胡桃是完整的，另一个破裂了。阿迪娜看着他手上的白色大脑。他把胡桃壳扔到地上，然后吃胡桃肉。他的胎记在跳动，额头在闪光，他把另一个胡桃放进上衣口袋。你叫什么名字？他问。他的嘴上有乳白色的汁液。阿迪娜每走一步，胡桃都会在包里发出沙沙的响声，阿迪娜把包拊在腋下。这和胡桃有什么关系？她说。现在我们干什么？他问。什么也不干，阿迪娜说。

帕弗尔站在集市大厅左边的门里，看着阿迪娜的背影。光线在他的眼前搅起一缕一缕的灰尘。他的下巴在动，他的舌头在牙缝里找到了被嚼碎的胡桃仁，他的胎记不跳了。他从上衣口袋拿出另一个胡桃，放在沥青上，把一只鞋踩在上面，将胡桃滚到鞋跟下，紧靠着鞋跟边，然后把全身的重量放在胡桃上。胡桃壳破裂了。帕弗尔弯下身，取出壳里的大脑，一边嚼，一边吞。

集市大厅右边的门前停着一辆黑色汽车，汽车有一个黄色车牌，但是没有号码。车里坐着一个男人，头依在方向盘上，心不在焉地看着大厅里面。他看见一个老妇人。水泥台子将她的肚子和腿切分开来。老妇人在筛红辣椒。辣椒像红色的蜘蛛网一样穿过筛子，在下面落在同一个地方。筛子下面的小山很快就高了起来。

那个女人不理人，帕弗尔说。没关系，汽车里的男人说，没有关系。老妇人敲打干净筛子，用双手把小山的尖抚平。她的双手和辣椒一样红，还有她的鞋子。

帕弗尔的舌头在牙齿中间找寻嚼烂的胡桃肉。

上车，汽车里的男人说，我们走。

阳光落在楼梯间的信箱上。爬藤玫瑰在墙上投下影子，它们的花很小，长得一团一团的，可以握在手里。

信箱的眼睛不是空的，也不是黑色的，是白色的。白色的信箱眼睛是伊利杰的军邮。但是和上个星期一样，信封上没有阿迪娜的名字，没有邮票，没有邮戳，没有寄信人。信封里又是一张巴掌大小的被撕破的算术本的纸头，相同的字体，相同的句子：我操你的嘴。

阿迪娜将纸条和信封窝成一团，感觉到喉咙里有干巴巴的纸头。电梯里一直是黑黑的，没有绿色的眼睛在闪亮，没有电。楼梯间有一股烧卷心菜的味道。胡桃在走路时发出沙沙的响声。阿迪娜在黑暗中开始大声数数，不是数楼梯，而是数她左脚的鞋和右脚的鞋，数每只鞋在没有她的情况下如何一只一只地抬起，一只一只地踏上。到了每个数字只剩下她的声音时，就变成了一个陌生的声音。在陌生的声音中，她自己的额头开始了。

装胡桃的包放在厨房的桌子上，胡桃上是一团窝起来的报纸，包旁边有一个空碗。抽屉拉开来一半，刀叉刀叉叉叉叉，所有的叉齿在一起组成了一把梳子。阿迪娜把抽屉完全拉开，有几把大刀，中间有一把锤子。

她的手把一颗胡桃放在桌子上，锤子轻轻敲上去，胡桃裂了一个缝，锤子连续坚实地敲了三下，胡桃壳破了。胡桃里的大脑出来了。

有蟑螂在爬上灶台，七只红棕色的大蟑螂，四只棕褐色的中等蟑螂，九只小蟑螂黑得像苹果核。它们不是在爬，而是在列队行进。对伊利杰来讲，这是一个士兵的夏季；对阿迪娜来讲，这是一个没有信件的夏季。房间的另一面墙上挂着一张照片，一大清早就已经有一缕光线落在了上面：身穿军服的伊利杰，头发如同刺猬，嘴里叼着一根吸管。每天早晨，在这根吸管上都悬挂着一天的时光。

伊利杰和里弗一样坐在平坦的南方。距离多瑙河一样近，也一样远，但是两个人在不同的地方。在一个地方，多瑙河直着往前流淌，阻隔了这片土地；在另一个地方，多瑙河斜着往前流淌，阻隔了这片土地。然而在两个不同的地方，枪声同时响起，像是折断了一根树枝，但是不一样，完全不一样。

八月在这个城市有那么几天，太阳是一个削了皮的南瓜。这时沥青会从下面，住宅楼的水泥会从上面，一起发热。这时头会热得同头盖骨度过一天。到了中午，一丝细小的念头蜷伏在头里，不知道该让自己上哪儿去。这时嘴里的呼吸会变得沉重；这时人们只有这双绝望的手；这时这双手为了凉快会把潮湿的床单贴在窗户玻璃上；这时这双手还没有从玻璃上抽回来，床单就已经干了。

在八月的这么一天，伊利杰站在炉子边打蟑螂。也许不是他，也许是他头脑中因炎热而形成的残酷。在大蟑螂身上，死亡发出咔嚓的声音，在小蟑螂身上，死亡则默不出声。伊利杰只数红棕色的发出咔嚓声的蟑螂。

等到它们长成了，它们会变红，伊利杰说。它们的寿命比任何东西的都长，不论是城市还是农村，还是没有道路和树木的无边无际耕耘的田野，抑或是贫瘠的玉米地，喀尔巴阡山，石头上的风，还有羊，狗和人。它们会吞噬掉这个国家的社会主义，会腆着肥肚子把社会主义拽下多瑙河。在对面，在河的对岸，惊讶的人们会站在那里，在炎热中眯缝着眼睛。隔着河水喊叫，这就是罗马尼亚人，他们活该如此。

阿迪娜把伊利杰从厨房里拉出来，当时他正在哭泣，正在用满是害虫味的双手抓脸。阿迪娜端给他一杯水。他用手捧住杯子，但是没有喝。当他推开阿迪娜，在炎热中感到寒冷时，他为自己的汗水是冰凉的而感到恶心。当他说出世界真幸运因为有多瑙河时，他不得不为自己说出这句违心话而吞下自己的舌头。

阿迪娜朝窗外望去，她在嚼胡桃。天空空荡荡的，胡桃在舌头上先苦后甜。天空总是朝上看，不往下看。当它——一个在城市的上方越过多瑙河的逃亡者——从城市跑出去，逃出去，它会用小小的白色四方形，人人都阅读过的信件，维系自己广袤的空空荡荡。

一个孩子在下面的街道上喊叫。阿迪娜的舌头在牙齿间寻找嚼烂的胡桃肉。飞迸开来的胡桃壳在桌子下面。

另一种寂静

轴承在什么地方？厂长说。一只棕色的蛾子从他的衣领里飞出来，扑扇着翅膀朝窗户飞去。它在寻找玻璃后面的院子，它的个头不比苍蝇大。玛拉说，轴承已经订购了。天竺葵的后面，厂长窗户前的窗帘后面，有鞋子发出踢踏踢踏的声音。有棕色的头发走过去。每一步之间都能在发尖上看见那个天竺葵的花盆。它并不摇曳自己的红花，而是一动不动地伸出它的叶子，越过头发，伸向工厂的院子，伸向能吞噬掉一切的铁锈和铁丝卷。厂长看不见走过去的那个人的头，只能看见发尖，还有玻璃上的蛾子。既然轴承已经订购了，那么在什么地方？厂长说。厂长和玻璃贴得非常近，窗帘碰到了他的额头，天竺葵碰到了他的下巴。蛾子翻了个滚，从厂长剪得光秃秃的太阳穴边上飞过，朝会议桌飞去。已经在路上，厂长同志，玛拉说。

他料到那只蛾子了。他迅速抽回脸，因为他总是会习惯性地看外边的铁丝。但是那双高跟鞋在沥青上又高又硬，如同摔断的砖块，这个他没有料到。他没有料到侏儒的鞋子，踢踏踢踏的，仿佛这个头之所以是一个侏儒的头，是因为鞋跟太高的缘故。那双走起路来不能弯曲的腿，他也没有料到。没有料到的还有那个后背，直挺挺的，仿佛里面刚刚编织进去了新的铁丝。

这双鞋，这双腿，这个后背，会扰乱所有原本想保持空空荡荡的目光。在工厂，过去多少年了，没有眼睛在看到侏儒时不会联想到自己，不会挡住自己的脚步。

厂长缩起脖颈。侏儒身后的踢踏踢踏声，习惯被打破了，人会有一种寒意。

一个侏儒，但是他毕竟还是有点出息的，厂长说。如果换作其他人，早就到街边去乞讨了。他指着独裁者的画像，一个大大的画像挂在墙上，一个小小的画像摆放在桌子上。他指着那个小小的竖立在桌子上的画像。两幅画像在用眼睛里的黑色相互对望，在墙和桌子之间，在白色的窗帘前，挂着的画像触到了竖立着的画像。所有从他那个地方来的人，厂长说，都有坚强的意志。

　　他说的那个地方是南方，是多瑙河阻断这片土地的地方。那里地势平坦，年复一年的夏天在生长的玉米之间干旱得如同石头。年复一年的冬天在被遗忘的玉米之间冰冻得如同石头，凋零的飞廉絮枕头在水上漂浮，人们数着漂浮的毛絮枕头。大家都知道，多瑙河为每一个在逃跑中被射杀的人在波浪上准备了三天的枕头，在波浪下准备了三夜的烛光一般的光亮。南方的人知道死者的数字，不知道他们的姓名和脸庞。

　　写一封警告信，厂长说。轴承已经在路上了，玛拉说。厂长用脖子在衬衫里蹭，用衬衫领子挠痒。有的时候，厂长说，有人敲门，声音不大，我几乎听不见。我打开门，如果不马上就往下看的话，会以为门口没人。工段长把侏儒派到我这儿来，他手里拿着一张纸，一句话不说。我还没张口说什么，他就走了。侏儒走了，我没有追着喊他，因为我忘记他叫什么名字了。我总不能这样喊：嘿，小矮人儿。玛拉笑了。玛拉，你的腿很漂亮，厂长说。天竺葵摇晃起来。厂长跪在地毯上。他的声音在玛拉的裙子下面的深处。他的手坚硬，她的大腿滚烫。他的牙齿在她的右大腿上排成一串，一颗一颗，湿湿的，尖尖的。桌子上的画像，眼睛里的黑色在盯望。模糊了。是空中的那个蛾子，还是玛拉的眼前远远的有一只手。哎呦，好疼，厂长同志，玛拉说。

厂长每个星期都到大门口，女门卫对克拉拉说。他不进传达室，不跨传达室的门槛，只是把头伸进来，然后立即缩回去。他看着铁丝卷，问，那个侏儒叫什么名字？门卫也在看铁丝卷，因为厂长的目光把他的目光带了过去，因为他以为，厂长这会儿满脑子都是铁丝卷。因为凡是朝铁丝卷里看的人，都是满脑子地朝里看，凡是朝铁丝卷里看的人，他是什么也听不见的。只有我和门卫是例外，女门卫说，我们俩朝铁丝卷里看的时候，是看不见铁丝卷的。门卫每次都说：厂长同志，那个侏儒叫康斯坦丁。他讲的声音很大，我也能听见，即便门卫和厂长在院子里我也能听见，女门卫说。每次，只要厂长站在院子里，都会从他的领子里飞出一只蛾子。厂长每次都会说，我一定要记住他的名字，但是我总是一会儿就忘记。我什么都能记住，就是侏儒的名字一会儿就会忘记。门卫接着会说，侏儒是见了鬼了，要不然他就不是侏儒了。厂长年轻的时候是帽子厂的厂长，工厂在喀尔巴阡山的后面，女门卫说。蛾子就是从那儿来的。他后来在南方的水厂当厂长，在这个城市的住房建筑公司当经理。但是帽子厂的蛾子他怎么也甩不掉。厂长从口袋里拿出一张纸和一支笔。他写下名字，把名字写了满满一张纸，还用大写字母把名字写在手上，女门卫说。厂长把纸和笔放进口袋后会说，现在我知道了。蛾子会远远地飞进工厂的院子，在铁丝卷里迷失方向。过了一个星期，厂长会再次把头伸进传达室，再说一遍那个侏儒叫什么名字，我要记住他的名字，但是我一会儿就会忘记。他会从口袋里拿出一张相同的纸。一只相同的蛾子会从他的领子里飞出来，他会把同一个名字再写一遍。蛾子会再一次远远地飞进院子，飞进铁丝卷。

有一次厂长对我说，女门卫说，纸头和侏儒的名字一样，自己会消失。

厂里人人都知道侏儒的名字，因为他的名字和他很不相称，女门卫说。只有厂长不知道。他每次都感到奇怪，这个侏儒的名字叫康斯坦丁，而且每次都说，这个名字和侏儒不相称。因此我也就知道了，康斯坦丁这个名字和侏儒不相称，以前我从来没有这样想过，但是厂长每次都能想起来，女门卫说。厂长肯定能记住这个名字，因为他总能想起来康斯坦丁的名字和侏儒不相称。

我的儿子也叫康斯坦丁，女门卫对克拉拉说，但是我从来都不会把我孩子的名字和一个侏儒的名字联系在一起，因为我的孩子不是侏儒。因为同样的名字放在侏儒的身上就变成了不同样的名字。我不允许我的孩子到工厂找我，女门卫说。我永远都不会让我的孩子走进这个铁丝厂，因为我知道，只要他朝里面看上一次，以后就不会再听我的话了。我绝对不会允许我的孩子以工人的身份进入这个工厂，绝对不允许。

厂长跪在地毯上，玛拉的膝盖已经离开。他看着会议桌的腿，深深地呼吸，呼吸的深度超过了自己肺的深度，于是呼吸过度了。他感觉到自己的额头是咸咸的，湿湿的，仿佛嘴在脸上是双重的，第二重的嘴是热乎乎的，迷失在额头延伸进头发的地方。

那只虎皮猫坐在会议桌下。它有一张毛茸茸的脸，它在打哈欠。困意通过深色的条纹、后背、肚子一直渗透进它的爪子。它的鼻子被机油弄得黑乎乎的，麻木了，老了。但是它的牙齿依旧尖利，又白又年轻。在长有细条纹的脸上，那双眼睛是清醒的。它的眼睛里有一幅画面，玛拉的大腿到膝盖。大腿的内侧有一个咬痕，有嘴那么大。

在车间满是油污的地上躺着一个工人。他的眼睛半闭着，瞳孔滑进了额头里。压力机旁边有一摊血，血没有凝固，被油稀释了。虎皮猫在血旁边嗅着，它抽动着胡须，但是没有舔。工人满是油污的袖子下面垂着一个手腕的关节，上面的手不见了。手还卡在压力机里。工段长用一块脏布把袖子扎了起来。

侏儒托着不幸者的头。头温乎乎地没有知觉地躺在他的手里。侏儒的手一动不动，因为头上的头发，还有头发下面的后脑勺和头颅下面的大脑，摸起来像是死了一样。在翻到一边去的瞳孔下面，眼睫毛之间的眼珠如同白色茶杯的杯沿儿。眼睛下面有一道皱纹。侏儒一直盯着这道皱纹，直到它把这张失去知觉的脸分成了两半，一半是猫的脸，一半是他自己的脸。因为凡是在他手里摸起来像是死了的东西，只要他手不动，就会爬到他的脖子上。猫在他的手上嗅，然后在一动不动的下巴上嗅。它的胡须末梢是红色的。但是它的眼睛始终保持沉着，玛拉的大腿还有腿上嘴巴大小的咬痕的画面没有丝毫的破碎。

然后有人叫喊，厂长来了。然后格里高和一个男人来了。男人问伤者叫什么名字。没人认识这个男人。这个陌生人双手干干净净，他不在工厂上班。工段长说了一声，克里足。

陌生人用脚踢开猫，格里高用呵斥声推开侏儒。侏儒把空空荡荡的双手插进口袋，在伤者躺着的地方停住脚步看。其他工人站成一圈看着，挡住了格里高和陌生人的路，因为格里高和陌生人正在将失去知觉的受伤者抬到车间尽头的更衣室去。伤者的身体瘫软而又沉重。他的大褂垂着，半敞开着，朝下鼓着。

这个时候厂长穿过敞开的大门走进车间，笔直向前，直得如同一根绳子，走过滑唧唧的地面，直朝更衣室走去。他一边走一边叫喊，别围着看，干活儿去。一只蛾子从他的领子里飞了出来，飞着飞着在窗户上迷失了方向。金合欢阻挡住了光线，因为金合欢下面的粗茎上已经生出细细的枝和乱长的叶。厂长将更衣室门反锁上。

陌生人在托着伤者的头，格里高撑开他的嘴。厂长从衣服口袋里拿出一个扁扁的十分趁手的瓶子，将烧酒倒进他的嘴里。他洗完手后，按下门把手，用脚踢开更衣室门。厂长和那个陌生人沿着最短的滑唧唧的路径走出车间，走进院子，走进铁丝卷。

格里高跟在后面，在门口停住脚步，碰了一下侏儒，说，告诉车间，克里足早上就喝醉了，他是醉酒上岗。

侏儒倚在门框上，一边看着铁丝卷，一边吃梨子。他的眼睛是空空荡荡的，他的脑袋太大。他的嘴在自言自语，克里足从不喝酒。梨子汁从他的嘴边滴下。太阳在肚子周围拉出一道透明的雾气。侏儒深深地咬了一口，在咀嚼，在咬皮、肉和核。他的手指黏糊糊的，鞋子被滴湿了。他的手空空荡荡。

但是他没有吞咽，嘴里塞满了嚼烂的梨子，一直满到了眼睛的下面。

没关系，没关系，一个人在车间里大声说。他的头在窗前闪过，说，没有办法了。

说这话的人，经常将不幸挂在嘴边，就如同树叶挂在窗前的树上一样。夏天是绿色的，或者说秋天是黄色的，不幸就是一根挂在他脸上的树枝。颜色在，唯独没有树叶，因为不幸是赤裸的，总是光秃秃的，将来会变得像冬天用的劈柴那样。赤裸的生命必须阻挡在视线之外。趁着思想还没有在脑子里出现，赤裸的言论必须阻挡在嘴巴之外。必须沉默而不抱怨。侏儒必须吃而不吞。克里足必须吞但是不会喝酒。

但是当医生来了闻到酒味后，克里足毫无知觉地，被灌醉地失去了自己的理。

一群麻雀飞过院子，如同一把大伞。其中一只脱离队伍，落在铁丝上，然后又落在地上，蹦蹦跳跳，直到羽毛均匀整齐，后背上的翅膀只能看到羽毛。然后这只鸟穿过大门走进车间。在车间滑唧唧的地上笔直往前，直得如同一根绳子。工人们站在那里看着它，但是没人说话。

只有工段长站在压力机旁，弯下身。他朝另一种寂静里看去，他在寻找被压断的手指头。

侏儒在院子里站在他折断的砖块上，对着空空荡荡在嚼梨子。

安卡把所有铅笔都放在一个可乐罐里。她擦去空啤酒罐上的灰尘。玛莉亚把所有圆珠笔放进空的啤酒罐里。艾娃在给有白色斑点的爬藤浇水，把有白色斑点的叶子围挂在墙上的画框上。画框里有一棵盛开的罂粟。大卫从可乐罐里拿出一根铅笔。安卡说，这个有白色斑点的爬藤叫虎尾兰。大卫合上十字猜谜本。克拉拉把小毛笔放在桌子上，给自己刚刚涂抹指甲油的指甲吹气。大卫说，吃完饭后的感觉，两个字。安卡喊道恶心，艾娃喊道撑胀，玛拉喊道饱了。

门开了。格里高走进办公室。玛拉第三次把腿放在椅子上，掀起裙子，给格里高看自己的大腿。格里高抓住玛拉的膝盖，看着她的脖子，朝她脖子上项链晃荡的地方看。今天疯了，玛拉说，厂长咬了我一口。

鼓膜炎

没有脸的脸
沙子做成的额头
没有声音的声音
时间停住了
还剩下什么

保尔在大厅里看见的全是眼睛。灯光是关着的，所有的眼睛都是一样的。超出一百个眼睛的眼睛是警察的眼睛。

没有时间的时间
人们怎么能改变

跟着歌曲的节拍晃动的头和正在巡视的头不一样。巡视的头晃动着手，手里是闪亮的手电筒。电

筒逐一照向每个唱歌的人的头。记住每一张由歌唱
进入叫喊的脸。安娜坐在第一排，看着手电筒照射
在墙上的光圈。

      我只有一个思想
      我能和你们换什么
      用我的一个兄弟
      换一根香烟

    边门从里面打开了，前厅有一道光线切入大
厅。狗在吠叫。

      我疯了
      我爱上了一个
      爱我的女人
      最可爱的人真无聊
      因为她还没有 还没有
      真的爱上我

    光线中，一个男人躬着身被拽出去，带走了。

我只有一个思想

我能卖给你们什么

那件皱巴巴的裙子

只有一个扣子

歌手转过身，看着保尔。保尔看着索林。索林举起鼓槌，碰到了阿比的肩膀。

黑夜用黑暗

缝了一个袋子

边门从外面打开了，切入的光线中有戴着蓝色大盖帽的头。阿迪娜坐在大厅的中央，看见帽子下面的耳朵赤裸裸的，呈招风的形状。

苦涩的三色堇

火车站有货车呼啸

这些耳朵在朝大厅里倾听，狗在吠叫。保尔的嘴在唱，他的头骨在嗡嗡作响，还有他的脚趾。电筒在闪亮。一下子所有的门都被拉开，有鞋子踩踏地面的咂咂声。舞台的光线暗下去，大厅的光线亮起来。叫喊的脸庞赤裸地出现在灯光中。警察，狗，还有一个穿西服的男人出现在大厅。保尔的手指拨动琴弦。吉他哑了，索林的鼓槌没有了声音。因为穿西装的男人站在了舞台上，站在他们的身边，举起双手，叫喊道，结束，音乐会结束了，老老实实离开大厅。

歌手和保尔、阿比、索林在唱歌，他们已经听不到自己的声音，因为歌声已经无力，呼出的是恐惧，和嘴一样大，和目光一样大，和大厅一样大。警察在灯光下对唱歌的人们推，踢，挥舞棍棒，把人们赶出大厅。

没有大人物的小孩子
沥青上光着脚站着一双鞋

橡皮棍随意地寻找后背、头、腿。皮带上挂着的是左轮手枪和冲锋枪。阿迪娜靠在墙上。一排排椅子全空了。警察打够了，狗叫够了，只有警察的鞋子还在发出大的响动。他们朝出口处走去。安娜坐在第一排的空座位之间。狗跟在鞋子后面跑，长着长长的不属于自己的腿。

穿西服的男人站在舞台上。明天八点，二号房间，他说。保尔看着他说，明白。阿比问为什么。索林在拽一根电线。阿迪娜站在索林旁边，看着电线爬上他的肘弯。安娜坐在舞台边上，双手紧握，看着空空的大厅。穿西服的男人说，只有我们才能提问题。保尔说，我上夜班。穿西服的男人在楼梯旁跳下舞台，一边穿过大厅，一边大声说，一下班就过来。然后甩手关上大门。安娜在吻保尔。保尔说，回家吧，我明天早晨去找你。

她双唇紧闭，盯着地面，鞋子相互擦蹭。保尔说，审讯完我就过来，肯定会来。

安娜从阿迪娜身边走过，没有眼神，只有一张细长的脸。她的脸颊因嫉妒而变形，她知道阿迪娜和保尔已经在一起生活三年了。她的手臂很无助，不得不将手指相互交错盘在一起才能走起来。她每走一步都会在台阶上高高地抬起腿，然后拖着脚步慢慢地穿过空椅子，走进大厅。她的脚步没有制造假象，而是明确地表明，在她的脸在阿迪娜和保尔之间被排挤掉之前，她要先把自己的脸移开。阿迪娜听到了大厅里的脚步声，并且在保尔的脸上看见他的目光再一次挣脱了告别。安娜走了，没有转身。她穿过边门，走出大厅。

酒瓶在手指间传来传去。声音相互交织。一个美好的夜晚。在一个美好的国家，我们可以一块儿上吊。集体寻死是禁止的。如果我们死了，我们就会静静地离开大厅。我给我们开具死亡证明，保尔说。索林把酒瓶放到嘴边，朝着瓶口里面，对着在他的牙齿前晃荡的酒说，给我开一个我喜欢的诊断，鼓膜炎。

保尔走下楼梯，阿迪娜在楼梯旁蹦下舞台。保尔在大厅里走，空椅子之间有很多路，他走的是安娜走的那条。阿迪娜跟在他的后面。

她感觉到了他的肋骨，他的外套很薄。街道漆黑一片，因为看不见树，所以觉得发出飒飒声的是天空。没有人，没有汽车。沥青凉了，鞋底很薄。她的脖子觉得冷，但是路还在脚下，鞋子发出踢踏踢踏的声响。踢踏声爬上脸颊。保尔的脸颊旁矗立的是体育场，高耸而又无声，如同一座山，在那里，在夜晚月亮运行的地方，仿佛白天从来不会有球飞过。

医院用它黑色的长度和高度堵住了道路。有几个窗户还亮着灯，但是它们只是为自己而亮，并不把亮光投进黑夜。

看，保尔说。有一次我数过上面的窗户，一百二十四个。夏天有四个人从窗户上跳了下来，没关系，没关系，如果他们不跳，他们也会在床上死去。这不是一首歌，我们几个月没有棉花，没有包扎用品，我们用袜子厂剩下的袜子。

保尔吻阿迪娜，他吻住不松口。他的手很温暖，她闭上眼睛，感觉到了他肚子下面挺起的阴茎。她挪开嘴，将额头贴在他的脖子上。站在白天交通相互交织的交叉路口的正中间，她的鞋子站在他的鞋子之间。他的汗衫领子在她的耳朵中发出咔嚓咔嚓的声响，但是她的耳朵已经离开了她的头，留在了后面狗叫的地方，她的眼睛则在上方月亮运行并在云彩中寻找缝隙的地方。

走吧，阿迪娜说。

说完她迈着小步走过马路，走过沥青，但是那边什么也没有。唯有踢踏声依旧密集，额头依旧热乎，说明脚下的路在延续。在人行道边上她转过头。保尔没有动，站在那儿如同一个影子。那块亮一点的东西是他的脸。保尔站在交叉路口的中央，看着她。

保尔朝有亮光的窗户走去。风撩起他的头发，风中有一股湿土地和刚割过的草味。

医院后面是一片树林。实际上不是树林，而是一个荒芜的苗圃。比城郊住宅楼的炉灶年代长，比医院的年代久。在最下面的树根部，在为数不多的几棵长得直的树干上，还能辨认出行列。但是在上部，针叶和阔叶相互交织。每天都有变化。多年来唯一不变的是，没有一棵树和其他树是相配的，医院后面蔓生的荒芜是任何一张脸都无法忍受的。病人们从楼上能清楚地看见这些荒芜，因此感到心神不宁。保尔知道，病人们会用望远镜连续几小时观望这些荒芜，会变得像守林员一样沉默。

这种观望开始于一个来自西喀尔巴阡的病人，他是守林员，然后便一发不可收拾。那个守林员住在十楼。同一座林子的一个守林员来看望他，给他带来了一个望远镜。消磨时间用，他说。生病的守林员同其他病人一道，整天从十楼往林子里观望，直到他死去。同一座林子的那个守林员带着死去守林员的寡妇和一副棺材来到医院，拿走了他的假牙、眼镜、指甲刀和帽子。望远镜留给了医院的病人。慢慢地，越发不可收拾地，从十楼到三楼，所有男病人都变成了生病的守林员，因为他们对望远镜上瘾了。有名单将十楼到三楼联系在了一起，名单上有姓名、日期和时间。名单上标明，每个病人什么时候能用望远镜朝林子里观望多长时间。

保尔用望远镜朝林子里看了一次。他想知道，这些生病的守林员都看到了些什么。他辨认出了树，因为他下班后经常在这些树之间散步。但是望远镜后面那一大团由针叶和阔叶纠葛在一起的东西把保尔吓了一跳，还有长得乱七八糟的灌木，上方的木头早已知道了灌木会怎么生长，因为野蛮生长的在驱赶温顺矜持的，将它上方的光线切断，将它下方的泥土截断。望远镜后面的杂草近得仿佛自己的脚正站在草地里。

这些生病的守林员说，还能看到狗和猫，还有男人和女人，他们白天在黑暗的地方，或者傍晚在林间的空地做爱。上午有孩子在这里躲起来不让其他孩子找到，或者相互用草绳捆绑。如果没有人来找，躲猫猫的游戏就被忘记了。

保尔能听到这些孩子的声音，因为他们在寻找痛苦的过程中，会爬过三排带刺的铁丝网，翻进医院的后院，目标是生锈的没有窗户的救护车。

最矮小的男人有最大的棍子

风挡玻璃蒙了厚厚一层灰。

他的胳膊肘撑在她的头发上。他的嘴在喘息，他的肚子在撞击。她把脸趴在靠背上。她在听手腕上手表的滴答声。滴答声有急匆匆赶路的味道，有午间休息和汽油的味道。他的内裤在地上，他的裤子挂在方向盘上。玻璃后面，玉米秸斜着朝前俯身看着她的脸。她的小裤衩在他的鞋子下面。

玉米棒上的须子乱糟糟的，很脆，玉米叶发出干干的沙沙声，玉米秸干枯地相互撞击。玉米梢之间长出的是没有色彩的天空。

她闭上眼睛。玉米地上没有色彩的天空闯进她的额头。

外面发出踢踏踢踏的声音。

她睁开眼睛。一辆自行车靠在田里的一个玉米秸上，一个男人背着一个袋子朝自行车走去。有人，她说。

玉米秸不断地撞在那个男人的头上。

克拉拉的小裤衩上有鞋底留下的波纹印。她穿上小裤衩。那人不会过来，帕弗尔说，他是偷玉米的。克拉拉在看表。那个男人推着自行车穿过干枯的玉米秸。

我要回厂了，克拉拉说。帕弗尔从方向盘上拽下他的裤子，有葵花子从裤子口袋掉出来，落在他赤裸的膝盖上。你可以多长时间不去法院？克拉拉问。

汽车发出隆隆声，被灰灰地包裹在灰尘中。我不在法院工作，帕弗尔说。克拉拉的连衣裙被压皱了，后背被汗湿透了。你是律师？克拉拉问。是的，他说，但是不在法院工作。天空变得开阔了，因为玉米在逃走，在逃向另一个方向。剩下的是低矮的、沙沙作响的、融入地平线的田野。我看见过你在另外一辆车里，克拉拉说。他朝外看。在哪儿？他问。她看着他鞋子之间的葵花子，说，在大教堂，公园旁边的那条街上。帕弗尔扭了一下方向盘，幅度很小，仿佛手根本就没有动。黑色的汽车每个工厂都有，他说。她看着手表上闪动的秒针，但是你不在工厂工作。

他不说话了，耸了耸肩。克拉拉也不说话了，朝外面看去。

那边有一个角落，天空会闭上眼睛。那边有一种明亮的疲惫在等候，每天都会进城，进入午间休息，进入工厂空空荡荡的下午。这是一种会在铁丝网和铁锈之间闭上眼睛的疲惫，会在脖子上跳动的疲惫，因为门卫的手在包里搜查。这种疲惫，它在有轨电车上、在车站之间，让相同的、已经老去的脸庞相对而立。这种疲惫，它带着自己的目光，先于自己的头脑，走进自己的住处，然后待在房子里，一直待到一天在窗户和门之间完全结束。

我在想象最坏的结果，克拉拉看着他的太阳穴说。

帕弗尔的胎记在车窗玻璃前划过，颜色和玻璃旁边的草丛中那些新鲜的鼹鼠窝一样深。

汽车在路上的坑坑洼洼上行驶。帕弗尔在拽他的红蓝斑点领带。他的衬衣领子上有一根头发。是她的头发。她用指尖捻下头发。帕弗尔把脖子靠在她的手上，问，什么东西？她说，没什么，一根头发。你对你的妻子怎么说？路旁的杨树林荫道朝后面的上方飞去。他说，什么也不说。你女儿多大了？他说，八岁。两边的杨树都落下黄色的树叶。克拉拉的手指头有些吃不准，于是扔掉了头发。

我知道我知道什么，帕弗尔说。

一只乌鸦站在早熟禾中，在闪亮。

一把消防梯竖在有扩音器那个房间的旁边，直通上面的阁楼。梯子的横木是细细的铁棍。克拉拉跟在艾娃的脚跟后面往梯子上爬。玛拉、安卡和玛莉亚已经在上面。小窗户没有关，只是倚着。艾娃推开窗扇。院子对面有三层台阶和一扇敞开的门。门后面是过道，左侧是更衣室，右侧是男淋浴室。

玛拉的头发飘在艾娃的脸前。安卡把肩膀紧紧靠在玛莉亚的后背上。克拉拉感觉到了玛莉亚耳朵上的发卡。

男人们和往日一样，穿着大褂，走上台阶，走进过道左侧的门里，过了一会儿光着身子从左侧走出来，横穿过道，走进右边的门冲淋浴。蒸汽涌进过道。但是从五月到九月，即便太阳在傍晚的时候落在工厂院子的另一侧，斜斜地落在铁丝的上方，台阶上仍然有光线照向过道里面。非常亮，亮得能穿透蒸汽，看见赤裸的男人从一个门走进另一个门。

这些赤裸的男人踮着脚，关节粗大的脚趾犹犹豫豫地踩在地上，水泥地总是又湿又冷又滑。他们肚子肥大，后背干瘪，他们缩起肩膀，他们的肚子上有毛，他们的大腿细细的，阴毛是浓密的一团，从阁楼窗户上看不见他们的睾丸，只能看见晃荡的阴茎。

头发金黄的人阴茎是白的，玛拉说。艾娃靠在她的后背上，说，摩尔达维亚人的阴茎都是白的。不对，玛莉亚说，老格奥尔格就不是的。他的那个东西我没看过，克拉拉说。她的头发垂在她的眼前，她把头发撩回去，手上还握着玉米须子。艾娃说，格奥尔格刚才上台阶了，他马上就会出来。玛拉把脸凑到艾娃的头发上面，眼睛睁得大大的，克拉拉扔掉手中的玉米须子。

那个侏儒，玛莉亚说，我的天，那个侏儒的最大，最矮小的男人有最大的棍子。

克拉拉踮起脚尖。

叼在嘴里的草秸

一个女人站在对面的窗户里，在浇喇叭花。她不算年轻，也不算老，保尔几年前就这么说过。她那个时候就有栗红色的波浪长发，那个时候保尔还和阿迪娜住在一起，那个时候窗户玻璃上就已经有一道斜裂缝。五年过去了，时光并没有改变女人的脸，头发没有变得平直，也没有失去色彩。白色的喇叭花每年不一样，但一直是同一种。

白色的喇叭花那个时候就是向下垂挂，这个女人那时在浇花时看见的只是弯曲的茎秆，看不见白色的喇叭。

如果站在街上从下面往上抬头，那个时候喇叭花就已经高高地挂在上面，在所有窗户之间。如果不知道那个小小的白色的东西是喇叭花，会以为看见了儿童的短袜或是手帕在夏天的风中一直飘进了秋天。

阿迪娜站在半开的衣橱前，脚下是一块狐狸皮。她在找灰色的料子裙。衣架上，夏天的薄裙子挂在外面，冬天的裙子挂在里面。当温暖和寒冷开始交替，衣橱里的衣服也会换位置。然后阿迪娜就能看出来，伊利杰已经走了多长时间。他的衣服从来不换衣架、抽屉或格子，平放在那儿，仿佛他已经不在人世。他的照片挂在那边的墙上，他穿着鞋子站在草地里。但是草地不属于他，鞋子也不属于他，还有裤子、衣服和帽子，都不属于他。

两年前的夏天，有一天一个声音在下面大声喊阿迪娜的名字。阿迪娜走到窗前。伊利杰紧挨着另一栋住宅楼种喇叭花的一侧站着。他抬着头，朝上喊叫：花儿为谁开放？阿迪娜朝下喊道：为我自己。

阿迪娜套上灰色的裙子。她的脚从狐狸皮上滑了过去。狐狸的尾巴从皮上脱落了，在她的脚下，在背上的皮毛条纹特别亮和特别窄的地方断开了。她把狐狸皮有毛的一面翻向下面，看着皮毛的背面，一张皮，白白的，满是皱纹，如同一块老面团。狐狸皮的正面和背面都比地板暖和，比她的手暖和。

腐掉了，烂掉了，阿迪娜想。她把尾巴推到狐狸皮上，直到尾巴看上去像是又长上去一样。伊利杰在相框里穿着不属于他的衣服，用不属于他的眼睛，看着她的手。他的嘴里叼着一根草秸。

腐掉和烂掉是因为潮湿，阿迪娜心想，皮毛会变干，如同草秸会干枯一样。在这张照片上，草秸是唯一属于伊利杰的东西。草秸使得他的脸显老。阿迪娜走进厨房。那个女人也在厨房的窗前浇白喇叭花。

早上有光亮了，喇叭花会打开，晚上天黑了，喇叭花会闭上。每天都把喇叭拧关拧开、拧关、拧开、拧关，到了十月就拧过头了。它们有一套由黑暗和光亮组成的时钟系统。

厨房桌子上有一把刀，榅桲果的皮和半个榅桲果。切口已经风干，如同下面的狐狸皮，而且颜色也是棕色的，和狐狸毛一样。在那条长长的榅桲果皮上，一只蟑螂正在啃噬。

应当拿榅桲果和一把刀，给榅桲果削皮，阿迪娜想，然后吃削了皮的榅桲果，果肉会粘在牙龈上。应当咬，嚼，吞，闭上眼睛，直到手中的榅桲果进入胃里。

阿迪娜把双手放在厨房桌子上，脸埋进手里。她屏住呼吸。

应当想到不能剩半个榅桲果，它们像动物皮一样会变干，像草秸一样会干枯。如果吃掉一整个榅桲果，如果榅桲果从手上到了胃里，阿迪娜对着放在桌子上的手说，就应当睁开眼睛，变成另一个人。

一个永远不吃榅桲果的人。

没有脸的脸

　　录音机在转动。写字台上的喇叭里，一个低沉的声音在说话，卡索里，是这么念吗？卡拉卓尔尼，一个声音轻轻地说。是匈牙利语，那个低沉的声音说，在匈牙利语里是什么意思？圣诞节，轻轻的声音说。低沉的声音笑了。

　　帕弗尔在翻阅一本卷宗，他把一张照片斜对光线，笑了。他比那个低沉的声音笑的时间长，声音大。

　　名，低沉的声音说。阿伯特，轻轻的声音说。那么阿比是什么？低沉的声音问。轻轻的声音说，我的朋友都这么喊我。你的父亲，低沉的声音说。他也叫我阿比，他已经不在了，轻轻的声音说。低沉的声音变得如同轻轻的声音，说，噢，这样。他什么时候死的？轻轻的声音变得如同低沉的声音，说，您知道得很清楚。低沉的声音说，我怎么会知道？轻轻的声音说，因为您在问。正相反，低沉的声音说，凡是我们知道的，我们从来不问。喇叭里发出打火机的咔嚓声。那个时候我还在幼儿园，低沉的声音说，和您一样。您的父亲也叫阿伯特，和您一样。您还能回忆起您的父亲吗？不，轻轻的声音说。您说过，您的父亲也叫您阿比，低沉的声音说，但是您后来又说，您回忆不起来您的父亲，这不矛盾吗？不矛盾，轻轻的声音说，我母亲叫我阿比。您到底想要什么？

一开始您说，您的朋友们都叫您阿比，低沉的声音说。这也矛盾。您看，卡索里，您的姓我念不准。低沉的声音变得如同轻轻的声音。您看，阿伯特，低沉的声音说，矛盾都联系在一起了。或者，我可以像您的朋友一样，叫您阿比吗？低沉的声音说。不能，轻轻的声音说。态度很鲜明，低沉的声音说。您究竟想要干什么？轻轻的声音问。

帕弗尔把一张照片放在灯光下。照片已经陈旧，没有光泽，只有几道光融化在空空荡荡的天空中。天空的尽头有一堵墙，一个脸颊塌陷的大耳朵男人靠在墙上。帕弗尔在照片的背面写上一个日期。

低沉的声音在咳嗽。喇叭里发出纸张的沙沙

声。在这里，低沉的声音又变得如同轻轻的声音，说，我着了魔，我恋爱了，爱上了一个也爱我的女人，最可爱的女人也是一个无聊的女人，因为她还不完完全全是真的爱我。这也是一个矛盾，矛盾都联系在一起了。这是一首歌，轻轻的声音大声说。

帕弗尔看了一下表，将照片正面朝下放进卷宗。他关上喇叭，关上抽屉。他摘下耳机，窗前有一棵杨树。他朝外看去，他的眼睛很小，目光和杨树一样潮湿。他的目光落在杨树枝上，但是并没有看这些树枝。他拨了一个号码，拨号盘转动了两次。这样不行，他说，四点了。

他沉默，他看着杨树。风在吹，树叶是潮湿的，他的打火机发出咔嚓的声音。香烟亮起了火星。他吹开烟，关上门。

写，声音说。额头里的眼睛是浅褐色的。眼珠转动，颜色变得深了起来。卷宗有手指那么厚，卷宗上放着的是眼睛正在看的那张纸。外面的杨树在风中摇曳。嘴巴在电话机和写字台上的台灯之间来回运动。阿比的眼睛出现在窗玻璃上，外面在下雨。人们看不见雨是如何落在杨树上的，仿佛杨树根本就不存在。只有雨水从叶子上滴下的时候，才能看见有水珠落下。阿比把手指按在圆珠笔上。天花板上面挂着一盏赤裸的白炽灯，明晃晃的，让人觉得光线都在战栗。阿比看着光光的桌面。圆珠笔不属于他，空白的纸头不属于他。声音时而叫喊，时而踉跄，像战栗的光线一样。声音下面的下巴的皱褶里有一道小小的刀伤，是几天前的刀伤。

门缓缓打开。灯旁边的眼睛半闭着，眼睛没有抬起目光，它知道是谁进来了。

阿比在桌后面从空白的纸上抬起头，圆珠笔拿在手上没有放下。系红蓝斑点领带的男人朝桌子走来，伸出手，往桌上的空白纸张看去。阿比看见衣领和耳朵之间有一块胎记，他伸出夹着圆珠笔的手。来人说，帕弗尔·莫尔古，然后按下阿比的手和圆珠笔。

没有脸的脸，也就是说他失去了他的脸，刀伤男人一边说，一边把手放到额头上。沙子做成的额头，就是说头脑没有了理智，没有声音的声音，也就是说没有倾听，刀伤男人说。胎记男人紧挨着刀伤男人，朝窗玻璃外面看去。

也许胎记男人在看杨树，他可以消受得起这么做，他可以人在心不在，阿比想。因为浅褐色的眼睛睁得大大的，看上去很坚定。它在闪亮，在盯着阿比。浅褐色的眼睛在不属于他的脸颊上，在阿比的手指尖上，在阿比的脸上，在阿比的嘴巴里，在明晃晃的灯光下短促的呼吸中。

一个人死了，但是没有墓地，阿比心想，而且他还必须说出来，这是一个矛盾。他的脖子在鼓动，他的嘴一动不动。如果一个人作为死者的儿子走进一个有监狱的城市，如果他在所有住在这儿的人的身上寻找具有顽强生命力的东西或者已经破碎的东西，但是找到的却是寻常的东西，寻常的脚步，寻常的眼睛，寻常的手，寻常的包，这是一个矛盾。商店橱窗里陈列的是寻常的结婚照，新娘的婚纱在公园里像水沫一样铺撒在草地上，旁边黑色西服里的白衬衣如同石片瓦上的白雪。还有寻常的护士毕业照。如果寻常的男男女女在城市街头相遇，把死者的儿子吓了一跳，因为他们打招呼不用"你好吗"，而是用"你的生命状态如何"，这是一个矛盾。

没有脸的脸，指的是谁？胎记男人问。

如果囚犯不得不伴着饥饿和拷打，和着酷刑的节拍将他们的罪过为一个家具厂做成家具，阿比心想，而且自己还没有床，只有粗硬的木头和瘦骨嶙峋的手指，如果年轻的夫妻，知道也好不知道也好，结婚后买了由这些手做的沙发椅和玻璃柜，这是一个矛盾。矗立在监狱上方的天空，高度达到令人目眩的程度，这在这个城市是一个矛盾。这个高度从开始起就在那里望着，看着这座城市位于一根轴线上，位于一道笔直的冰冷的阳光通道上，在那里，乌鸦静静地，缓缓地沉入屋顶。

谁也没有指，阿比说，这只是一支歌。如果谁也不指，刀伤男人问，你们为什么要唱？因为这是一支歌，阿比说。

指的是国家总统，胎记男人说。不是，阿比说。

所有的墙上都布满了插座。它们都有一个嘴。灯座上有黄色的数字，是资产登记号。

你还不知道吧，胎记男人说，你的朋友保尔已经承认了。他会知道的，因为歌是他写的，刀伤男人说。

写字台的一侧有一个黄色的资产登记号，橱门上也有。保尔不可能承认，阿比说，因为没有这回事。胎记男人笑了，电话铃响了。刀伤男人把话筒贴在脸颊上，说，不，是的，什么？怎么这样？好吧。嘴巴对着胎记男人的耳朵低声说着什么，胎记男人的脸上只有明晃晃的灯光，没有丝毫的表情动作。

刀伤男人说，你看，你的朋友保尔并没有把什么都告诉你。

窗户外面已经黑了，杨树不见了。玻璃上反射的是白炽灯、天花板、橱柜、墙壁、插座和门。一个房间，如同半个窗户，蜷缩了，蜷缩到玻璃上。房间里没有人。

快写，指的是谁？胎记男人说。刀伤男人说，我们满意了，你就可以走了。如果不满意，你必须留下来继续想，胎记男人说。刀伤男人将卷宗夹在腋下。胎记男人站在门口，鼻子在往外吹烟。一个人思考更方便，刀伤男人说。他朝手指尖上吐了口唾沫，数了五张空白纸。浅褐色的眼睛圆圆的，看上去很愉快。纸头有的是，眼睛的主人说。

你谁都没有指的歌里有一句我很喜欢，黑夜用黑暗缝了一个袋子，胎记男人说。

门从外面关上了。钥匙在门上发出沙拉沙拉的声音。地板在灯光下膨胀，香烟的烟雾飘向黑暗的窗户。除此以外没有任何动静：空写字台立着，椅子立着，橱柜立着，空白的纸头摆着。窗户也没有动静。

这个窗户在外面潮湿的大街上只是一个窗户，阿比心想，这是一个矛盾。每个白天，每个黑夜，还有这个世界都会分成两部分，一部分在倾听和折磨，一部分在沉默和沉默，这是一个矛盾。如果一个孩子在夏天，在一个种着天竺葵的锈烂了的浴缸前，站在蜂房旁边，在院子里向他的妈妈问他的爸爸在什么地方；如果妈妈高高抬起孩子的手臂，把他的手放在自己的手里，弯曲小手上的手指，伸出他的食指，向上指去，如果她收回自己的手指，说，看，在上面的那个地方；如果孩子只是短短地抬了一下头，而且看到的只有天空，而妈妈却在看着浴缸里的天竺葵；如果孩子将伸出的食指探进蜂房小小的孔洞，一直探到妈妈说，快走，你把蜂王弄醒了；如果孩子问蜂王为什么睡觉，一直问到妈妈说，因为它累了。这是一个矛盾。如果有一个孩子收回食指，因为他不想弄醒蜂王，并且问蜂王叫什么名字，如果妈妈说，他叫阿伯特。这是一个矛盾。

阿比在空白的纸上写下：

阿伯特·卡拉卓尔尼

母亲玛格达·卡拉卓尔尼，婚前姓弗拉克

父亲阿伯特·卡拉卓尔尼

手没有感觉了。黑暗的、半个窗玻璃上的房间是2号房间。白炽灯亮着。房间里没有人。只有纸上的三个名字。

帕弗尔打开门。桌子后面一个女人的眼睛在看。她手里拿着一支圆珠笔。桌子上有一张纸。上面斜着写了三个短短的人名。我看看，帕弗尔说，然后拿起纸头看。

他的手在舞动，椅子在摔倒。女人的头撞上橱柜。女人的眼睛僵直圆睁。眼睛的下睫毛稀疏潮湿。上睫毛浓密干燥，像草一样向上弯曲。门被用劲关上了。

在女人的眼球里，橱柜是拱形的。非常安静，安静得物体都是躺在光线中。女人躺在橱柜前的地上。她的鞋子躺在椅子下面。

黑暗的、半个窗玻璃上的房间是 9 号房间，房间被照得通亮。里面没有人。

帕弗尔打开花园门。桦树的树干在黑色的草中闪亮。钥匙在房门前哗啦哗啦作响。在帕弗尔扭动钥匙前，他的妻子从里面打开门。她的身上有厨房油烟的味道。他吻她的脸颊。她把他的包拿进厨房。他女儿的额头和他的皮带一般高，齐到他的领带尖。帕弗尔抱起女儿。爸爸，你的头发是湿的，女儿说，然后从他的身上滑下来。

帕弗尔打开包，搭扣是冰凉的，上面蒙了一层雾气。他把一包雅各布咖啡，一听早餐黄油，一罐能多益巧克力酱放在厨房橱柜上的电视机旁。工人合唱团在唱歌，他关掉声音。他数数字，说了声十二，把十二包香烟放在冰箱上的一只白颜色的瓷器狗旁边。冷库主任出差了，明天回来。我让门卫去拿小牛肉，他说。他把阿尔卑斯巧克力放在水果盘的苹果上。一个苹果从盘子上滚下来，帕弗尔用手接住。女儿伸手拿巧克力。父亲问，学校怎么样？

母亲一边在锅里搅拌，一边说，不要吃巧克力，吃饭了。她看着丈夫，把汤勺送到嘴边，对着汤里被破坏了的漩涡说，光靠巧克力，学校的情况好不了。

父亲盯着荧光屏。工人合唱团的前面站着一男一女，他们先朝前低下头，踏几个碎步，然后朝后低下头，踏几个碎步。

我已经跟你讲了有一个月了，母亲说，你要到学校去一次，你必须和老师谈一谈。大家都给老师送咖啡。女儿说，只有我们没有送。送不送在分数上就能看出来，母亲说。

她把汤中间的油吸到嘴里。荧光屏上的男人踏着碎步从左边，女人踏着碎步从右边走下舞台。父亲将衣服挂在椅背上。

咖啡她别想要，父亲说，或许该给她来一下。我要是和她谈了，那就应当是她送咖啡给我们了。

一滴汤滴在桌子上。这不是小牛肉，母亲说，它七年前是一头小牛。现在肉已经煮了好几个小时也不烂。这是一头老母牛。女儿笑了，用汤勺敲击着汤碗。一片芹菜叶沾在她的下巴上。母亲把一片月桂叶捡到汤碗的边上。我的鞋子到圣诞节也做不好，她说，其实已经做好了，但是没有给我。今天校长带老婆到工厂来了，她拿走了两双鞋，一双灰色的，她原本是要棕色的。后来又觉得黑色不够好，于是又要了一双白色带搭扣的。黑色的其实是给我做的，漆皮的。没想到竟然也合她的脚。

女儿用一块肉做了一个小胡子。父亲用舌头舔去手指上的芹菜叶。那个校长呢？他问母亲。母亲在看女儿的小胡子。他告诉所有人，说他有两个鸡眼，母亲说，一个在中脚趾，一个在小脚趾。

荧光屏上，国家总统走过车间。两个女工给他献上丁香花。工人们在欢呼，他们的嘴唇随着拍手的节拍一张一合。帕弗尔听见自己在说，黑色的汽车每个工厂都有。听见克拉拉在说，但是你不在工厂工作。他把手伸向身体后面，关上电视机。

整整三个小时，母亲说，厂长在校长老婆的椅子旁边跪了整整三个小时，眼睛肿了，嘴巴歪了，软塌了。他的两只手是两个鞋拔子，给校长老婆的脚跟试了三个小时的鞋子，手指头都伸不直了。在试鞋的空当，他吻了校长老婆的手。她的小腿肚子你真应当看看。父亲从牙缝里拽出一根肉丝。女儿坐在冰箱前，翻弄爸爸的包。她从一个香水瓶里倒出三滴浓浓的香水滴在手上。她的小腿肚子，母亲说，简直就如同一头填肥的猪，漆皮鞋也帮不了她，她必须穿胶靴。母亲在女儿的手上闻了闻。是香奈儿，她说，然后把白色的瓷器狗从冰箱上拿下来，拿在手中。厂里的工人后来装作厂长和校长老婆，母亲说，他们把裤腿卷到膝盖，穿着高跟鞋来回跑，给人看校长老婆是怎么试鞋的。

叉子上还挂着一块肉，父亲的眼睛累了。女儿的脸上抹得到处是巧克力，嘴边的巧克力像一圈泥巴。女儿哭了。父亲向后把头靠在手掌心中，他的额头沉重。他们用手帕往裤腿里塞，一直塞到小腿肚子，爬上桌子，窗帘垂挂在头上，他听母亲说，但是什么也听不见。他听见玉米地在额头里飒飒，他听见克拉拉的声音在说，我在想象最坏的结果。

厂长拉开门，说，全体人员统统纪律处分，母亲说，也包括站在一旁看着笑着的女工，也包括我。帕弗尔听见克拉拉在自己额头的正中间笑。他抓过妻子的手，她的嘴巴俯在了他的耳朵上，亲吻覆盖了他的脖子、脸颊、额头。他听见自己的声音在对克拉拉说，我不在法院工作。

妻子的耳朵停留在他的嘴边，如同一片卷起的嫩叶。那瓶香水我原打算今晚给你的，帕弗尔对着耳朵说。但是他没有听见自己的声音。

他听见自己对克拉拉说，我知道我知道什么。

剃须刀

体育场坐落在一个四面环围的土墩中。地上的草在秋天的侵蚀下露出了它们之间的泥土，还有石头。对面是住宅楼，它们相互紧挨、交错，在停车场后面甚至比爬上土墩的草丛还要矮。丁香，茉莉，三色堇，还有因为高度从来没有超过土墩而从未被修剪过的小丛林。一切在春天就已经开始缓缓凋零，进入了夏季更是加快了速度。土墩上现在已是光秃秃一片，枝条晃动，在阵阵袭来的风中，土墩上无遮无掩。

上面的那个长跑运动员只是画在石头上的一幅画。即便在光秃秃的季节，他也毫无顾忌。当木头上已经不留一片树叶的时候，长跑运动员就成了获胜者。喊叫的面孔和厚厚的外套站在面包店前买面包的队伍中。他自上而下地俯视他们，他从不会饿。太阳在体育场上空掉转了方向，它已经没有了热度，只有一个乳白色的领子。长跑运动员从不冷，他裸露小腿，在一个个小人的上方跑进城市。

　　一辆车在停车场停下。两个男人下车，一个年轻，另一个年纪稍大。他们都穿风衣，短短地看了一眼盲目的太阳。他们快速穿过停车场，裤腿在飘动，鞋子在闪光。他们将黑色的瓜子壳吐在路上，将瓜子肉吞下肚。他们选了一条缩进去的路，一前一后，年纪稍大的走在年轻的前面，穿过垃圾桶和堆成山的空箱子，朝住宅楼走去。

　　年纪稍大的坐在一张长条椅上，看着楼上的窗户，嘴里嚼着葵花子。他头的后上方是一面长满牵牛花的墙。年轻人刚才告诉他，那套房子在他头前面和牵牛花相同高度的位置。一室一厨。房间在前面，狐狸就在那个房间，旁边的房间是厨房。

　　风刮过长条椅。男人搓揉腿，将衣领贴着耳朵竖起来。

　　年轻人打开门，钥匙没有发出哗啦哗啦的响声。他从里面关上门。他没有踢到鞋子，他知道鞋子在什么地方。嵌有黑色大脚趾印的凉鞋紧挨着房门放着。床没有收拾，枕头上放着一件睡衣。他朝窗户走去。

栗红色波浪长发的女人站在牵牛花后面。他朝她做了一个手势。他走到衣橱前，跪在地板上。他从衣袋里掏出一把剃须刀，打开包装，将纸放在膝盖旁边。他割下狐狸的右后腿。他用舌尖舔湿指尖，沾干净地板上割掉的毛，用食指和大拇指将毛搓成一个球，放进衣袋。他用那张纸重新包好剃须刀，放进衣服口袋。他将割下来的狐狸腿放在紧靠狐狸肚子的地方。

他站起身，从上往下，看看是否能看到刀割的痕迹。他走进卫生间，掀开马桶盖，朝里面吐了一口痰。他小完便，没有放水冲，而是将马桶盖重新放下。他走向门口，打开门。头探出稍稍看了一眼走廊，然后走出房间，关上房门。

牵牛花的颜色比太阳乳白色的领子还要白。它们很快就会被冻僵。住宅楼牵牛花一侧的长条椅空了。长条椅前有散落的瓜子壳。

两个男人走在那条缩进去的路上，一前一后，年轻的走在年纪稍大的前面，穿过垃圾桶和堆成山的空箱子，穿过停车场。树丛爬上了土墩，越来越高地爬进光秃秃的季节。

猎狐狸用套

门卫在大门前来回踱步，大衣披挂在肩头。阳光冷冷地照射在他的脸上。他在等包，他在吃葵花子。他的大衣在地上拖曳。

玛拉走出车间，她给大卫带了三把刀出来，刚刚磨过。大卫用其中的一把切了一块荤油。他没有擦去刀刃上的油腻，他说，免得门卫看出来是刚刚磨过的。他把刀放进包里。另外两把刀他放进抽屉里。一把我明天带，另一把后天带，他说。

艾娃在洗喝水杯，手指在潮湿的玻璃上吱吱作响。侏儒今天不打扫车间，玛拉说，他会先去浴室，我们动作要快。安卡没有扣大衣，只是把包挎在肩上。

大卫的大衣是敞着的，他拿起自己的包。

大卫带着包里那把油腻腻的刀朝大门走去。玛拉、艾娃和克拉拉穿过铁丝卷走进后院。一群麻雀从铁丝卷中扑棱扑棱惊飞。阁楼的窗户在阁楼的屋檐下虚掩着。

克拉拉觉得喉咙哽住了，舌头升到了眼睛上面。她感到窒息，视线变得模糊。她抬起头，看见阁楼的窗户一个个悬空排挂在半空中。玛拉和艾娃已经钻到了铁丝卷的前面，说不定已经踏上了铁梯的横撑。

又过了几天，只要阳光还短短地、冷冷地落在台阶上，三个女人的眼睛就会在每天下午四点钟出现在阁楼的窗口。接下来是几个月的时间，阳光落不到台阶上，它闷闷地、毫无色泽地画出一个小小的圈子，在台阶上的墙上划过。于是浴室过道的蒸汽会变得厚重，任何视线都穿不透这道雾幔。但是好奇心仍然没有平息，过了几天它再次钻入她们的头脑，于是三个女人又爬了几天的铁梯。她们在期待再也不会出现的光线。她们的等待是徒劳的。每次当头几个男人走进浴室时，阳光早已在台阶上方的墙上溜过。三个女人面面相觑，她们转过身，仿佛没有了手。她们终于放弃了。玛拉悄悄关上阁楼的窗户，甚至还推上了生锈的小插销。窗户连续几个月关闭着没有打开。

这几个月，三个女人天天都会在同一时间哈哈大笑。这是凭记忆而在冬天发出的无聊的笑声，因为蒸汽一直到春天都是任何视线也穿不透的。

克拉拉弯下腰，头向下靠在铁丝上，在满是锈迹的路上把两只鞋子大大地朝外叉开。她呕出了荤油和面包。她两手冰凉，她用手帕擦干净嘴巴，看见艾娃和玛拉的头模模糊糊地出现在阁楼的窗口，但是她看不见她们的脸。虎皮猫两次出现在克拉拉的鞋子之间，把克拉拉的呕吐物吃得干干净净，把铁丝也舔干净。它的虎皮条纹从它的皮上飘移了出去。

阿迪娜靠在光秃秃的金合欢上。铁丝卷比工厂的围栏还要高，传达室的烟囱在冒烟，烟雾没有在坑坑洼洼的街道上空飘散，而是带着一团一团的灰色升向高处，然后重新落回房顶。啤酒厂飘来的蒸汽在风中有一股汗水变凉后的味道，冷却塔被云层截断了。

两个星期前，军官的夫人送给女佣的女儿一件带毛皮领的大衣，是狐狸皮的。领子上有两个狐狸腿，可以在下巴的位置扣起来。狐狸的脚上还有棕色的闪亮的爪子。啤酒厂的蒸汽闻起来如同狐狸皮的领子。阿迪娜闻到这个味道就忍不住打喷嚏。女佣的女儿说过，这是萘的味道。如果毛皮闻上去没有萘的味道，到了夏天狐狸皮上就会起小疙瘩。它会啃噬掉皮上面的毛。但是毛并不会直接掉到衣柜里，而是留在皮上，看上去就像长在皮上一样，直到人用手去抓毛皮，这个时候毛就会大块脱落，就像人脱发一样。到最后拿在手上的只剩下光秃秃的一张皮，就像是骨膜。皮上面布满了细小的沙质的疙瘩。女佣的女儿一边微笑，一边用手指抚弄衣领上狐狸的爪子。

　　克拉拉朝大门走去。女门卫怀里抱着那只虎皮猫，抚摸着它条纹的毛皮。桌子上放着大卫的那把刀，门卫看出来了，刀是在工厂新磨的。门卫的大衣从肩膀上滑落下来，他的手迅速把粘成一团的手帕放回克拉拉的包。一辆载重卡车轰隆隆地驶过大门，朝街上驶去，轮胎发出咔嚓咔嚓的声响，卡车上上下下都堆满了铁丝。司机的脸在倒车镜里晃动。

对面是啤酒厂的白色雾幔。克拉拉透过车轮的咔嚓声听到了自己的名字。

阿迪娜跑步穿过一团灰尘，她吻了一下克拉拉眼睛的下面，她的双手因为寒风而发青，她的鼻子是湿的。马上到我那儿去，她说，我要给你看样东西。

克拉拉弯腰，捡起狐狸皮，灰色的光线透过窗户照射进来。空空的桌子发出暗暗的闪光。厨房里有面包，阿迪娜说，我必须吃的东西都有，糖，面粉。克拉拉用指尖划过狐狸的尾巴，划到狐狸腿上的切口。他们每天都能毒死我，阿迪娜说。克拉拉穿着大衣坐在没有收拾的床上，脚够着地，她看着狐狸皮上肚子和脚之间的缺口，地板上有一块和她手掌差不多大小的地方是空的。尾巴紧挨着毛皮放着，就像长在上面一样，看不出上面的切口。

克拉拉从大衣袖子里伸出细细的尖尖的手指，指尖上的指甲油在闪亮，是红色的。阿迪娜双手放在桌子上，用脚蹭下脚上的鞋子。克拉拉的手动的时候，可以看见手指的内侧，上面有锈迹。

那时我还不满十岁，阿迪娜说，我和妈妈到邻村去买狐狸。我们走过那座没有河的桥，也就是工人们早晨去屠宰场上班要经过的那座桥。那天早晨天空并不红，天空显得格外沉重，如同翻了个个儿。桥上行走的男人头上没有红色的鸡冠。那是圣诞节前几天，满地冰霜，但是没有雪，只有散落的面粉在田野的洼地随风旋转。我那天晚上因为等不及了，一夜都没睡着。我盼望有一只狐狸已经很长时间了，因此当知道明天就能有一只狐狸时，我的喜悦反而有一半变成了恐惧。那天早晨寒冷刺骨，田野上看不见一只羊。我一边走一边想，没有羊的地方，也就不会有村庄。虽然田野很平坦，只有一些零星的蜷伏在地上的灌木，我还是觉得我们迷失了方向。因为天空从四面八方朝我们扑来，因为天空一直垂悬在妈妈的头巾上，所以我害怕，害怕我们迷了路。我走啊走啊，一点不觉得累，可能有些困，因为我觉得额头里有一种因疲倦而产生的痒痒感，但是疲倦反而催快了我的脚步。我们到达村子时，街上空无一人。所有窗户里都摆放着圣诞树。树枝紧贴着窗玻璃，能看见每一根松针，好像树摆放在那里不是给房子里的人，而是给外面的路人看的。由于街上没有路人，因此它们是给我和妈妈看的。妈妈并没有意识到这一点。我带着这些圣诞树一个窗户一个窗户地往下走。

后来我们停下脚步。妈妈敲窗户。我现在还记得很清楚，那个窗户没有圣诞树。我们走进院子。过道是敞开式的，很长，挂满了狐狸皮，遮得连墙都看不见。

我们走进一个房间，里面有一个铸铁的炉子和一张床，但是没有椅子。猎人从外面走进来，带来了这只狐狸。他说这是最大的一只。他把狐狸蒙在他的两个拳头上，狐狸腿向下垂挂。他摆动肩膀，狐狸腿开始摇晃，仿佛在奔跑。腿后面垂挂的尾巴看上去像是另外一只小动物。我说能不能让我看一下猎枪。猎人把狐狸放在桌子上，把狐狸毛梳理光滑，说，猎狐狸不用枪，用套。猎人的头发、胡子和手上的毛是红色的，还有他的脸颊，和狐狸一样。那时狐狸就是猎人了。

克拉拉脱下大衣，走出房间。在卫生间，她喉咙一阵发哽，她呕吐了。阿迪娜看着地上的大衣。大衣躺在地上，里面仿佛有一只手臂，仿佛有一只手在伸向天花板。卫生间里传出哗哗的水声。

克拉拉回到房间，衣服没有扣。她坐到大衣上，说，我恶心，刚才吐了。她的手帕在枕头上，她的嘴半张着，她的舌头又干又白，像是嘴巴里有一块面包。

你害怕，阿迪娜说，你看上去像死了一样。克拉拉吃了一惊，她的目光直视，犹如刀刃一般。她看见一张脸，一张离她而去的脸，脸是变形的，脸颊是孤独的，嘴唇是孤独的，没有一丝生命，但却贪婪。一张侧面的脸，一张正面的脸，但一下子就变空了，如同一张没有任何图像的照片。

克拉拉在这张空空荡荡的脸上寻找一个孩子，他走在一个女人的身边，但却是孤零零的，因为他头脑里带着那些树一个房子一个房子地往下走。这个孩子，就像她肚子里的孩子，她心想，孤零零的，就像一个没人知道的孩子。

阿迪娜要当猎人，克拉拉想。

你的害怕比我更多，阿迪娜说，不要往那儿看，不要再看那个狐狸。

克拉拉的眼神恍惚了，鼻根阴影处的细血管变红了。她心不在焉地看着墙上的照片，看着草丛中笨重的鞋子，看着士兵的军服，看着伊利杰嘴巴叼着的草秸。不要告诉伊利杰，克拉拉说，他会受不了的。

你什么都不要说

　　楼梯间没有窗户，楼梯间没有光线，楼梯间没有电。电梯停在两个楼层之间的上部。打火机在扑闪，但是照不出亮。钥匙找到了钥匙孔。门没有咯吱，门把手没有咔嚓。房门是开的，缝纫机在嗡嗡响，一块明亮的四方形从敞开的房门落入过道。

　　帕弗尔脱下鞋，穿着短袜，踮着脚尖走进厨房。厨房窗户前，有裤腿在风中飘动。他没有看晾衣绳。他的包的搭扣是冰凉的。他把一包雅各布咖啡、一包早餐黄油放在冰箱上。他数数字，在咖啡旁放了十二包香烟。他打开冰箱，把肉放进去。冰箱旁立着一把雨伞。他拿起雨伞。

　　帕弗尔踮着脚尖朝房门走去。缝纫机的小轮子在转动，皮带在运行，线在线卷上拉出，克拉拉的脚在有节奏地踩踏。帕弗尔在门口撑开雨伞。外面下大雨了，他说，我能在您这儿过夜吗？克拉拉的眼睛笑了，嘴巴却保持严肃。可以，我的先生，她说，请进，请脱掉您的湿衣服。

于是雨伞掉在地上，缝纫机的轮子在针脚扎到一半的时候停住。

克拉拉的手伸进他的内裤。她的头发落在他的脸上。您冻僵了，我的先生，她的嘴在说，她的大腿火热，她的肚子深深，他的阴茎插入。

冰箱开始发出嗡嗡声，来电了。克拉拉在纸头上闻，她啪嗒打开灯，打开咖啡包装，她的手指发出沙沙声。她把一颗咖啡豆放在胎记上面。从单位来？她问。咖啡机磨豆子的声音切断了她的声音。火焰在舔舐烧锅的四周，水翻腾出气泡。她朝水里搁了三勺咖啡，没有让咖啡勺碰到水。她用咖啡勺敲炉灶。能给阿迪娜来一下吗？她问。咖啡漂起来了，她用勺子撇出沫子。什么意思？他问。她让咖啡沫往两个空咖啡杯里滴。什么意思？他问。沫子在勺子里明晃晃的，如同沙子。你能给阿迪娜下毒吗？她问。她把烧锅从炉子上端下来。

一条黑色的咖啡线在往沫子里滴淌。不能，他说。沫子一直升到杯子把手的高度。因为她是我的朋友，克拉拉说。他把咖啡杯端到桌子上，裤腿在窗户外面随风飘动。这也是一个原因，他说，手里拿了一块方糖。她要什么？她都不知道她生活在什么地方，他说，她什么都不要，她只是说气话。方糖沉入咖啡，弄碎了杯子上面的沫子。

和我爸爸吵不起来架，帕弗尔说，他一生气，就会一言不发，会连续几天不说一句话。我妈妈会发狂，有一次她把他从桌子旁边拖开，把他的脸按在镜子上，不住地摇晃他的头发。看呀，看呀，她叫喊道，但是他连眼睛都没眨一下。我估计，他没有在镜子里看见自己，而是看穿了镜子。他的脸变成了一块石头。当她松开抓头发的手时，爸爸的头朝后仰倒。这个时候他在镜子里看见了我。他非常轻声地说，每个人嘴里都有一块炭火，因此看每个人应当看他的舌头。一句气话在瞬息间造成的破坏，他当时说，能超过两只脚在一生中踩破的东西。帕弗尔的咖啡勺在杯子上发出铮铮的响声。

你们在寻找你们的牺牲品吗？克拉拉说，他们所说的，其实也正是我们大家所想的，也包括你。

帕弗尔在搅拌咖啡，咖啡沫在杯沿上漂浮。我们大家都是牺牲者，他说。他的打火机发出咔嚓的声音，他把火递到她的面前，她把烟灰缸从桌边拉到自己的手边。你问阿迪娜要什么，克拉拉说，她能要什么，她只要活下去。

克拉拉转动手中的香烟。帕弗尔啜饮了一口，看见她的眼睛在杯沿的高度。如果有人开枪打死齐奥塞斯库，你们会拿他怎么办？她问。她没有吐出嘴里的呼吸，而是把呼吸吞了下去。

帕弗尔的喉咙里有一个节在哽动，咖啡渣残留在舌头上。这要看情况了，他说。看什么情况？她问。他没有作声。

克拉拉站到窗前，看着在风中飘动的裤腿和外面卡在树杈上的那个球，那是一个绿色的球，有一整个夏天都因为满树摇曳的树叶没有看到这个球了。球卡在树上已经有两个光秃秃的冬天了，没有孩子敢顺着光滑的树干爬到细细的树枝上去。

以后会怎么样？克拉拉的嘴对着窗玻璃问。他抚摸她的头发。我会离婚的，然后我们结婚，他说。他感觉到她的太阳穴在自己的手中跳动。他有癌症，活不了多久，他说。他的手指深深地抓进她的头发，

172

按她的颅骨。

他会活得比我们大家都长，克拉拉说。他转过她的头，要看她的脸。他得了癌症，我是从可靠渠道知道的，帕弗尔说。尽管手上所有的手指都在用力，他仍然无法让她的目光离开树上的那个绿色的球。

你一定要帮助阿迪娜，她说。他把手伸进裤子口袋，在口袋里扭开香水瓶的盖子，在克拉拉的脖颈处滴了几滴香水。味道像什么？他问，说完让盖子顺着脖颈落到克拉拉的衣服里面。他把打开的香水瓶放在桌子上，香气悬浮在厨房的空气中，香气在克拉拉的脖颈上有一种沉沉的压迫感。

克拉拉的目光挣脱了那个树杈，挣脱了这个沉闷的压抑的夏日游戏，挣脱了那个被挤瘪的绿色的球。

味道像秘密警察，克拉拉说。

他走进房间，踢到了雨伞。他站在过道，穿上鞋子。你的房门钥匙在床上，帕弗尔说。他的手指找不到鞋带。

你可以继续留着我的钥匙，克拉拉说，这样你

173

们就不用配钥匙了。他的鞋子有些压脚，有些小，而且硬。你们也有阿迪娜的钥匙，不同的是阿迪娜从没给过你们她的钥匙。

桌子上有两个盘子，两把叉子交叉放着，刀子没有交叉。早餐黄油上有面包屑，黄油被斜着切掉了两个角，能看到盘底。他的盘子上有一块面包皮。

你什么都不要说，他说。

她打开冰箱，放进去早餐黄油。冰箱里的光线呈四方形落在她的脚上。我走了，他说。她的脸颊僵住了。肉是用玻璃纸包着的，玻璃纸上蒙上了一层霜，就像外面的花园。

帕弗尔的脚步有些迷惘，但是他的手很坚决，手找到了门把手。他用劲关上门。

地板上那把撑开的雨伞克拉拉到早晨也没碰。雨伞是帕弗尔的。缝纫机上的衣服是帕弗尔的，针脚正扎着一半，针是帕弗尔的。花瓶里的玫瑰也是他的。

树杈上的那个绿色的球在往厨房里看，泡咖啡的水开了。咖啡是帕弗尔的，还有方糖，她抽的烟，她穿的毛线衣，还有裤子，连裤袜。还有活动耳环，眼影，唇膏。还有昨天晚上的香水。

香烟凉凉的烟在舌头上有股酸酸的味道，凉凉的呼吸在嘴里有股酸酸的味道，呼吸在空气中像烟雾一样飘散。就连街上卡车后面凉凉的尘浪和夏日灰尘的味道也不一样。天空中的云团和夏日云团的味道也不一样。克拉拉在秘密警察大楼前走来走去。

两个男人顺着台阶走下来，又是一个男人，又是三个男人，一个女人边走边穿上一件毛皮夹克。

门卫的头后面贴着一个年历，春天，夏天，秋天，所有过去的月份，上面都画了圈，差不多是一整年。门卫站在传达室里，肚子齐到窗户。

克拉拉的脖子是围着的，她点燃一根烟。您有约吗？门卫问。克拉拉没有收起打火机，把香烟盒递给门卫。门卫左手放在电话机上，右手慢慢从烟盒中抽出两根香烟。他把一根烟塞进嘴里，另一根烟放进制服胸部左面的口袋。一根给嘴，一根给心，他说。他的打火机冒出火苗，他看着她，问，找谁？然后将烟雾向上吹进自己的头发里。克拉拉说，帕弗尔·莫尔古。他按下一个按键，说，他在办公室。然后用手夹着烟拨了一个号。您贵姓？他问。她说，克拉拉。他左胸口袋里的那根烟看上去像一个手指。

还有呢？他问。她说，莫尔古同志知道。

外面的路上，卡车在隆隆驶过，寒冷，阴霾，但是没有下雪。树木把灰尘抖落在路上。您认识上校已经很长时间了吗？门卫问。她点点头。我在这儿还从来没有看见过他，他说。他用脖子和下巴夹住电话听着，烟灰掉了下来。是，是，他说。左胸部的那根烟消失在口袋里。请您在对面的咖啡厅等，他说，上校同志过十五分钟到。

女服务员的头顶正中央戴着一顶花边小帽。她的头发灰白，来回于烟雾和空桌子之间，嘴里在哼歌。卡车的隆隆声穿透窗户玻璃，从上面能看见卡车在运什么，木头和袋子。女服务员端着一个托盘，上面有五个杯子。一张桌边坐着五个警察。旁边那桌坐着六个穿西装的男人和那个穿毛皮夹克的女人。

屋顶上有一块棕色的水渍和一个有五个头的吊灯，四个灯座是空的，剩下那个灯座上有一盏白炽灯。灯是开着的，只在烟雾升腾的地方发出亮光。穿毛皮夹克的女人叫了一声米奇，女服务员把空托盘放在桌子上，其中一个穿西服的男人说，七杯牙买加朗姆酒。一辆卡车震得窗玻璃哗哗响，这辆卡车运的是桶和管子。天晓得卡车是从哪儿开来的，克拉拉心想。桶和管子上蒙了一层雪。

门边的角落里坐着两个上了年纪的男人，一副胡子拉碴没有牙齿的面孔。他们在玩扑克牌。其中一个戴着一个铜绿色的戒指。纸牌皱巴巴的，已经很旧了。梅花 A，戴戒指的说，但是他抽出的那张牌上并没有梅花的图案，而是灰乎乎的一片。

莫尔古同志，戴铜绿色戒指的男人说。

帕弗尔和他握手。你的生活状况怎么样？他问。戴戒指的男人笑了，露出空洞洞的黑色的嘴巴。请我们喝一杯，莫尔古同志，他说。帕弗尔点点头。戴戒指的男人笑着张口喊了声米奇。

另一个人将扑克面朝下放在桌子上。我们的米奇以前是一个了不起的歌手，他说。女服务员在哼歌。两杯牙买加朗姆酒，带铜绿色戒指的人说。我们的米奇是工人子弟，另外一个说，但也是一个天使。说来话就长了，那时我们的米奇还很年轻，在全城可是出了名的，那是在莎莉 - 内尼，那儿地下室的歌唱得最动听，酒也酿得最清澈。

帕弗尔朝克拉拉看去，克拉拉在倾听，在看一辆卡车在冬天的尘土中驶过。这辆卡车运的是沙石。

那个时候知识分子还和穷人一块儿喝酒，带铜绿色戒指的说，有一个教授曾经用一根烧过的火柴在一张纸上给我画人的灵魂有多么薄，国家公证员的眼睛只盯着我们的米奇。她的嘴长得像玫瑰，戴铜绿色戒指的说，声音像夜莺。

另外一个用干瘪的嘴唇发出咴咴的笑声。乳房白得像瓷器，他说，还有她的乳头，比其他人的眼睛都美丽。

穿西服的男人笑了，一个警察从头上扯下帽子，用帽子敲打桌面，穿毛皮夹克的女人抚摸领子上的发簪，帕弗尔朝她点点头，拍了拍她旁边那个男人的肩膀。

女服务员端着托盘来了，这次没有边走边哼歌。她的脸庞柔和，显得激动，眼神充满了幸福。她给两个没有牙齿的男人端上两杯牙买加朗姆酒，放在扑克牌上，微笑着叹了口气，用手抚过戴铜绿色戒指的男人的头。

帕弗尔的身体半坐在椅子上。我很高兴，他对克拉拉说，我们现在能一起喝一杯。他看了看屋顶的水渍，然后朝女服务员看去。两杯牙买加朗姆酒，他说。他用指尖触碰克拉拉的手。这儿太显眼了，他说，所有人都能听到，都在盯着。

你喜欢这儿吗？克拉拉问。帕弗尔整理了一下领带。和你在工厂一样，他说。

我的头是黑暗的

下午，阿迪娜离开学校。她洗手，因为粉笔在啃噬手指。马桶里漂浮着两个葵花子壳。她不用想就知道：狐狸。

第二个后腿被割了下来，放在肚子上面，仿佛长在上面一样。除此以外，一切都和往常一样，房间，桌子，床，厨房，面包，糖，面粉。视线无法穿透的空气在从外面挤压窗户，视线无法穿透的墙壁在相互对视。阿迪娜在自问，为什么房间、桌子，还有床会容忍这里发生的事情。

阿迪娜将闹钟调到清晨，指针转动着伊利杰嘴里的草秸。她要去他那儿。

手电筒的亮度不够看清楚，鞋子前面的亮圈足够让人闭上眼睛。空空荡荡的衣裙在车站来回走动，在一大清早就已经挎上满满囊囊的包。

铁轨发出咯吱的声音，有轨电车在房子下面隆隆行驶，有明亮的窗户驶过，窗户停下时，大家都知道门在哪儿开。胳膊肘相互挤撞。睡眠在跟着行驶，冬天的汗水散发出苦涩的气味。灯在转弯的地方亮了两次，灭了两次。灯光是黄色的，虽然不强，但是却能直接跃入脸的正中间。两只红棕色的母鸡在一个女人的篮子里向外张望，它们弯着脖子，半张着嘴，好像在呼吸前必须先找到脖子里的气管。它们的眼睛是平的，颜色和羽毛一样是红棕色的。但是只要它们弯下脖子，眼睛里就会有一个针头闪亮。

城郊来的女裁缝有一年春天在集市上买了十只小鸡。她没有抱窝的母鸡。她当时说，我就坐在这儿，缝啊缝，小鸡自己就长大了。小鸡的身上还是毛绒绒的时候，一直待在她的铺子里，它们跑来跑去，或者蹲在废布头上取暖。大了一些后，它们从早到晚一直待在院子里。只有一只一直待在铺子里，它用一只脚在废布头上蹦来蹦去，另外一只脚是残废的。它能连续蹲几个小时，看裁缝做衣服。裁缝站起来，它会一蹦一蹦地跟在她的脚步后面。铺子里没顾客的时候，她会和它说话。这只鸡长着一身铁锈红的羽毛，眼睛也是铁锈红的。由于它跑得最少，因此长得最快，也最先肥起来。还没真正进入夏天，它就第一个被宰了，而其他鸡则还在院子里刨地找食吃。

女裁缝整个夏天都在唠叨这只有残疾的母鸡。她说，我不得不把它杀掉，它就像一个孩子。

站台上那个男人的脸上留着一嘴黑色的大胡子，头上戴一顶黑色的天鹅绒大帽子，肚子前面有一个三条腿的铁皮炉子。他身旁的女人头上扎着一条有花朵图案的头巾，穿一件花裙子，腋下夹着一根带弯头的炉管。她身旁的孩子戴一顶有流苏的帽子，手上拿着一个炉门。

包厢里坐着一个老头。他的对面是一个母亲和一个父亲，他们中间是一个裹得暖暖和和的小孩。

夜色在破碎，阿迪娜在看铁轨上方的立交桥和下面的台阶。黑色的大衣服正在往台阶上走，黑色的小衣服则已经走在了上面的天空，走到上面的人仿佛只有自己原来一半那么大。在一天刚开始，还没开始上班，就已经变成一个正在萎缩的老小孩。

立交桥另一侧的台阶向下通到工厂的大门。哪怕火车是在耳朵里行驶，人们仍然能听到工厂的声音。

睡觉，母亲说。孩子依在妈妈的身上。住宅楼在黑暗中给人一种压抑感，城市监狱在后面的城郊结合部，监狱的瞭望塔在车窗玻璃上一驶而过，每一座塔楼上都站着一个冻僵的哨兵。都是另一个伊利杰，阿迪娜心想。即便他们是孤零零的一个人，夜晚，严寒，武器和权力仍然对他们充满了信任。

有一年的时间，伊利杰每个月都必须因公乘车去布加勒斯特，每次从城里出来后都是往这个方向走，都要经过监狱。牢房在后面的院子里面。如果你没有人在里面，就不会去看它，这是伊利杰当时说的，但是如果你有人在里面，头脑就能感觉出自己应当往哪儿看。在这一段几百米的路上，车厢里的脸会分成两部分。看一下所有人的眼睛，你就能感觉出来，哪些眼睛知道自己应当往哪儿看。

只要一直睡觉，就什么都感觉不到，父亲对孩子说。孩子点头。拎着红棕色母鸡的女人在包厢边走过。以前我一上火车就睡觉，老人说，乘有轨电车也是这样。那时我每天早晨离开村子，乘车进城，每天晚上再回家。五点钟我就必须去火车站，一下就是二十七年。我熟悉这条路就如同熟悉上帝。我曾经和人赌一只羊，我能闭着眼睛走这条路，结果我赢了一只羊。我当时蒙着眼睛走了这条路，而且还是在冬天的冰天雪地。那条路很长，要走三千多步。当时，他说，我知道这条路上的每一道裂缝，我知道哪儿有洞，哪儿翘。哪儿的狗会叫，哪儿的公鸡会打鸣，我提前三条街就知道。如果公鸡在星期一没有打鸣，那我就知道，它准是在星期天被宰了。我一上班就犯困，他说，我是裁缝，含着针睡觉都没问题。

我要吃苹果，孩子说。母亲说，睡觉。父亲说，就给他一个吧。

现在我老啦，老人说，睡不着啦，就是躺在自己的床上也睡不着啦。没关系，他说，没关系。

孩子在啃苹果，一边慢慢嚼，一边用手指捅苹果上咬出来的洞。苹果是好的吗？妈妈问。孩子说，苹果是凉的。

在冬天，每个星期一，每次从屠宰场出来，阿迪娜的父亲都会带上满满一袋小苹果。苹果冰凉，到了房间里，苹果皮会像眼镜片一样，蒙上一层雾气。阿迪娜总会马上就吃一个苹果。第一口会觉得疼，因为苹果非常凉，咬下来的那一口在吞下去前，会先在太阳穴打转。咬了第二口，那种冰凉会充斥整个大脑，这个时候就感觉不到疼了，因为大脑已经被冻僵了。

吃完冰苹果，阿迪娜会拿三个苹果放到院子里，让它们在外面的夜色中冰冻。她把苹果排开放在石头上，间隔手掌宽的距离，这样可以让黑暗的寒气环绕着侵袭苹果。第二天早晨再让苹果在厨房化冻。这样苹果就会发软，就会变成棕色。阿迪娜最喜欢吃冰冻过的苹果。

孩子的父亲走出包厢，长时间地站在过道上，长时间地将光秃秃的田野固定在自己的额头里。他看到了三头鹿，每次看见一头，都会喊孩子的母亲出来看，每次她都搂着睡着的孩子，摆摆头，不愿意出来。

乘客这会儿都挤到过道里，也包括阿迪娜，还有那个打赌赢了一只羊的干瘪的老头，还有一个滚圆的女人，她戴一条狐狸皮围脖，狐狸腿是打结系上去的。

多瑙河在和火车平行行驶，可以看见对面的河岸和街道，细细的如同一根线，还有行驶的汽车和树林。过道里，没有鞋子在摸索，没有人走动，没有人说话，就连老头的眼睛也睁得大大的，把皱纹挤压得无影无踪。父亲的嘴里冒出一声叹息，一声被禁止的吸气。然后他闭上嘴。看，南斯拉夫，他朝包厢里喊。但是母亲坐在里面不动。她的兄弟六年前游过去了，他说，现在在维也纳。他眯缝着眼，想在闪烁中看清每一朵浪花。您有孩子吗？他问。阿迪娜说，没有。

候车室里没有凳子，只有一个冰凉的炉子。破碎的水泥地上有浅绿色的痰和葵花子。铁炉子上方有一张墙报，独裁者的照片刊登了三次，眼珠中的黑色大小和阿迪娜的大衣扣子差不多。黑色在闪光，地上的绿痰在闪光。

闪光的东西都在看。

火车站前有一张长条椅，这是伊利杰在夏天写信时提到的，旁边是客车站。客车是专供军官从小城回部队用的。不过司机有时也会捎上几个士兵，他最愿意做的当然是捎几个年轻的女人。

客车里坐着五个军官，头上戴的绿色军帽有灰色毛皮护耳，绿色的带子将护耳绑扎在头上，护耳下面是军官的耳朵，他们的耳廓因灼人的严寒而有一道红红的圈子。他们的后脑剃得光秃秃的。

驾驶员戴着一顶帽子，敞开的大衣里面是一件西服。大衣袖子里能看到白色衬衣的袖子，上面有蓝色的袖扣，还有一圈深色的污渍，他的左手上，一枚印章戒指在闪光。三个军官上车。

到哪儿？驾驶员问。阿迪娜把包提到踏板上，说，到部队。驾驶员弯下身，他的手上挂着一条蓝色的纱巾，他把包拎上过道，说，漂亮女人永远是我们军队最需要的。军官们都笑了，他们的声音像一排浪。

阿迪娜坐在第一个座位上，身旁是一个鬓角灰白的军官。空气中有一股冬天衣服潮湿的气味。小姐去找谁？后面的一个声音问。阿迪娜转过头，在空空荡荡的座位后面看见一颗金牙。阿迪娜的大衣外面还裹了一件绿色的大衣。找一个士兵，她说。驾驶员将一只手伸向空中，工厂的管道和围栏伸向田野。我们有很多士兵，他说，小姐到了那儿以后，可以随便选一个。

玉米在玻璃前转过身，在严寒中破碎，被遗忘。为什么选一个？金牙说，这个国家有足够多的士兵。笑声闯入一片林子，黑压压的，光秃秃的。你的士兵叫什么？阿迪娜身边的军官问。他的太阳穴是纸头做的，他的眼睛在看她的手，他的眼球因为大衣而散发绿光。阿迪娜说，他叫多尔加。有乌鸦飞过田野。军官说，我们有两个多尔加。金牙大笑起来，笑得护耳上的带子脱落了，左边护耳掉在了肩章上。

他摘下帽子，他的头发被压趴下了，他的太阳穴剃得光秃秃的。他把护耳重新系好，带子很短，手指很粗，他闭上包在金牙外面的嘴唇。绳结很小，只有两个指尖那么大，他重新戴上帽子。

再说一遍他叫什么，阿迪娜旁边的军官问。她把手指插进大衣袖子，说，伊利杰。

一条壕沟在外面跟着跑，长满了干枯的芦苇。小姐是什么职业？阿迪娜旁边的军官问。他的手在捻大衣上的扣子。路口转弯后面是一条由杨树组成的林荫路，伊利杰描述过这条路，还有围墙，军营。阿迪娜说，教师。

一切的一切都是平坦的，伊利杰在信中写过，在外面不论是坐还是躺，总是置身于空空荡荡之中，然而哪怕是最小的植物也能遮挡住视线，你可以站起来，但是却什么也看不见。风在一排排树上撕扯，但是听不见风的声音。那您一定知道《最后的爱情之夜，第一个战争之夜》，驾驶员后面的一个军官说，这本书和生活一样真实，我的小姐，很好看。

他们所有人的脖子都是光秃秃的，太阳穴也是光秃秃，阿迪娜心想，他们已经剃了好几年了，他们都已经不年轻了。总有一天他们会笑，而且在一排排海浪般的笑声中，他们会相继发现，装碎头发的袋子已经满得结结实实了，和他们自己一样重了。

伊利杰的双手在颤抖，他的指甲脏兮兮的，有撕裂的碴口。足足有一个小时的时间，我独自一人在包厢里，到处没有一丝阳光，但是到处都是阴影，后来我睡着了。

我做梦了，阿迪娜说，我梦见一只狐狸正在穿越一片空空荡荡的田地，地刚刚翻耕过。狐狸躬着身走，在吃土地里的泥巴，它吃啊吃啊，越吃越肥。

门边上是黑板报，上面的照片是一辆坦克停在森林边上，几个战士坐在坦克上，其中一个是伊利杰，军官们都站在草丛里。

你多好，伊利杰说，你还有恐惧，我的头是黑暗的，我已经很长时间什么都没有梦到了。坦克的上上下下到处都是独裁者的照片，眼睛中的黑色。在这里，人们每天必须忘掉自己，伊利杰说，我只有一样不会忘记，那就是我永远都在思念你。眼睛中黑色的旁边挂着的是单位的荣誉证书。

伊利杰指着坦克说，十月份，我们就是开着这辆坦克到的山地。他吻阿迪娜的手指。哪个山地？阿迪娜问，这儿只有平地。开出去，他说，开出去到处都是山地，树林后面有一个山冈，往山冈上开的时候，大家都必须下车，往履带后面垫石头，下山冈的时候在前面垫石头。坦克下了山冈到了树林边上时，我们大家都栽倒在草地里，躺了一整天没起来。到了晚上我们是步行回营房的。

他的手很粗糙，他在笑，他吞下了自己的声音。那辆坦克直到今天还停在外面的树林边上，来，我们进营区吧。

他的胳膊在拽，还有他的嘴。如果俄国人当年等我们了，他说，那么他们今天就不可能在布拉格。

伊利杰在一堆湿沙袋前站住，说，我们把这些东西从房子的墙边拖到围墙边，从围墙边拖到路上，然后再从路上拖到房子的墙边。他的鞋子发出踢踏踢踏的声音。等我彻底摆脱了这些东西，他边说边指着笨重的鞋子，那就到夏天了，我只知道一条软软的路，那是多瑙河。

一个士兵拎着一个热气腾腾的桶从旁边走过。阿迪娜把大衣紧紧裹住身体，用手臂把自己围抱起来，说，好让你的骨头在下一个夏天抛撒在麦田里。天很快就要黑了，杨树林荫路逐渐变小，匍匐进土地中。伊利杰把自己的脸扯向前方。你要一块儿来，他说。他的脖子伸得长长的，他的脖颈和他的太阳穴剃得光秃秃的。他朝她弯下身，她在摇头。

你会带着枪眼在那面的天空变成一个天使，阿迪娜边说边看着地面，或者在下面铺石子的地方，在那里，你会在夜晚骑着扫把，在维也纳扫大街。

你待在这儿，伊利杰说，一直等到他们剪碎你的狐狸，然后再走。

桌子上的狐狸

闹钟在滴答作响，时间是三点。

也许到了夜间狐狸腿会重新长上去，阿迪娜心想。她从床上伸出脚，把狐狸的后腿从毛皮上踢开。虽然尾巴已经割掉了，虽然尾巴非常浓密和软和，她的脚趾仍然感到了恐惧，尾巴没有萎缩。

她把两条腿和尾巴拿到桌子上，将它们挨放在一起。这样桌子上就是一整条狐狸，不过有半个身子钻到桌子里去了，它会用头和前爪在桌板下面翻刨，后腿和尾巴留在桌子上面，为的是固定住身体。

月亮悬挂在厨房窗户上，肿胀得无法继续留在这里。清晨已经将它啃食了一部分。时间是六点，月亮熬了一个通宵，还有三根黄色的手指，和一根给它托着额头的灰色的手指。早班的客车隆隆驶过，或者说上面是夜色的界线，月亮在离开这座城市时，会悬挂在夜色之上，因为它不是圆的。狗在汪汪叫，仿佛黑暗是一块大大的毛皮，仿佛街道的空空荡荡是颅骨中沉寂的大脑，仿佛夜晚的狗畏惧白天，因为在白天，当人从狗身边走过时，四处寻找的饥饿和四处流浪的饥饿会不期而遇。当哈欠和哈欠不期而遇，说话和吠叫时从嘴里冒出的同样的哈气也会不期而遇。

连裤袜闻上去有股冬天的汗水的气味。阿迪娜晃晃悠悠地像在火车里一样将连裤袜拉上赤裸的大腿，在睡衣外面套上大衣。大衣里面还挂着立交桥的黑色小大衣和客车里的绿色大大衣。大衣的扣子里还保存着小火车站和眼睛中的黑色。大衣口袋里还有旅行用的钱和手电筒。钥匙在厨房桌子上。鞋子上还沾着营区的泥巴。她把脚跟拉进鞋子里。

手电筒的亮圈磕绊了一下，道边石是有棱有角的。一只猫从垃圾桶上跳下，它的爪子是白色的，它的身后有玻璃打碎。

停车场空空荡荡，体育场在黑暗中把持着它的土墩，上方的天空在渐渐变灰。体育场的后面有砸铁的声音，那儿是工厂。看不见烟囱，只能看见黄色的烟雾。有轨电车在街角发出咯吱的声响。窗户亮了，窗户醒了，旁边的窗户还是黑的，还倚在墙上睡觉。

在静悄悄的权力大街上，早晨都要来得晚一些。窗户是黑色的，灯杆上装饰有雕花。灯悬挂在花园的台阶上，照亮石雕天使和石雕狮子。灯照射的范围是财产的范围，它不属于路人，不属于不住在这儿的人，不属于不属于这儿的人。

杨树是刀，它们掩藏自己的刀刃，在站立中睡觉。对面是咖啡馆。白色的铁椅子被清理走了，冬天不需要椅子，冬天不需要坐，冬天围着河走，垂挂在桥的下面。河水不闪光，也不看，它让杨树孤独地待着。

钓鱼人晚上早早上床睡觉，早晨早早站在店铺门前，下午在咖啡馆弥漫的烟雾中聚在一起，他们喝，他们聊，直到河水重新闪光。教堂塔楼的大钟在雾中敲响七次，上面的金合欢已经苏醒。门锁打开了，插销拔开了，店铺开门了。金合欢压低着枝头向灰蒙蒙蔓延。公园的尽头，荆刺从树枝上向外窥望，下面的树干却丝毫没有觉察。

店铺里还没有顾客。女收银员在浅蓝色大褂的外面套上一件风衣。毛皮的帽子吞噬了她的眉毛。阿迪娜取了一个篮子。果酱的玻璃瓶被排成一列，它们大小一样，拥有同样多的灰尘，同样形状的肚子，同样的铁皮盖和标签。每当有军官从身旁走过，阿迪娜都会想，它们会列队前进。它们彼此唯一不同的地方是盖子上的锈迹和滴淌在瓶肚上的鼓胀的黏液。

阿迪娜拿了一瓶酒放进篮子。咖啡的热气在女收银员的脸上蒸腾。喝的东西十点以后才卖，她一边说，一边深一口浅一口地啜饮，不时地擦去下巴上的咖啡。她把眼睛睁到帽檐一半的高度，把咖啡杯放在一边，手伸进篮子，红色的指甲油已经磨得有些斑驳，让人感觉指尖在手指上是后长上去的。她拿过酒瓶放在柜台下面。

阿迪娜把钞票放在咖啡杯旁边。我还从来没有喝醉过，她轻声说，现在是七点，我还从来没有喝醉过，一天就要开始了，七点了，每天都有七点，每天都要开始，我还从来没有喝醉过。她的声音开始崩溃，脸颊滚烫，潮湿。现在七点，这是我的酒，这是我的钱，这是开始的一天，我还从来没有喝醉过，我不要等，我现在就要醉，不要等到十点。女收银员把钞票塞到她手上，很多人都这么想，她说。

一个穿浅蓝色大褂的男人抓着阿迪娜的肩膀，把她朝门口推，嘴巴在她的后脑勺说法律、酒、警察等词。她的鞋子在地上拖着，鞋底剥落下营房带过来的一小块一小块干泥巴和公园带过来的一大块一大块湿泥巴。她的睡衣悬在她的连裤袜上，从大衣里露出大约一只手的长度。女收银员把着门。你们是什么人？阿迪娜叫喊道，不要碰我，听见了没有，不要碰我。

阿迪娜按了三次门铃。门开了，一个刺眼的四方形明晃晃地落在她的脸上。她走过走廊，手里拿着一根光秃秃的树枝。到厨房去，保尔说，安娜还在房间睡着呢。阿迪娜点了一下头，两下，三下。保尔的眼睛跟着她，她的睡衣从大衣里露出来了。阿迪娜把手里光秃秃的树枝递给保尔，笑了，笑声产生了共鸣。会变成丁香花的，她说。她坐在厨房桌子边，面前是一个已经滴干了的咖啡杯，旁边有一把钥匙。阿迪娜看着墙上的钟，放了一张钞票在桌子上，然后抓自己的脸。这是我的眼睛，她说，这是我的额头，这是我的嘴巴。她解开大衣。这是我的睡衣，她说。这儿挂着一个钟，这儿有一把钥匙在桌子上，外面有新的一天在门口等候，我没有疯，现在是八点，每天都有八点，我从来没有喝醉过，我现在就要醉，不要等到十点。她把咖啡杯推到桌子的边上。

保尔把钱放进她的大衣口袋，在她下巴前放了一个杯子，然后是一个瓶子。他把酒倒进杯子，把杯子塞到她的手里。她没有喝，没有哭泣，她的眼睛在滴泪，她的嘴巴说不出话。他托着她的头。安娜站在门口，她还没有洗漱，没有梳理，但是已经穿戴完毕。她拿起桌子上的钥匙，穿上自己的鞋子。她踮着鞋尖走过过道。门砰地关上了。

你可以待在这里，保尔说，我要上班了。门砰地关上了。

阿迪娜的鞋子在过道里，她的大衣在房间的椅子上，她的连裤袜在地上，那根会变成丁香花的光秃秃的树枝插在床旁边的一个花瓶里。床还有安娜的余温。

飞　吻

　　阿迪娜穿上连裤袜，她的腿不在袜筒里，她穿上大衣，她的胳膊不在大衣里。只有睡衣悬挂着从大衣里露出。她把睡衣塞进连裤袜。钥匙、钱、手电筒都在大衣口袋里。阳光落在厨房的桌子上，她鞋子上的泥巴落在桌子下，墙上的钟在滴答作响，它在倾听自己。马上就要中午了。阿迪娜把脚跟拉进鞋子，她的脚趾不在鞋子里，而是在墙上的钟里。两个指针在一天的正当顶也就是中午交会前，阿迪娜踮着脚尖走出厨房。门开了，门关上了。

　　呼吸走在阿迪娜的前面，她伸手抓自己的呼吸，但是捕捉不到。路边有一个垃圾桶，一个老妇人拄着拐杖拎着一个布袋子靠在上面。布袋子装了半袋子的东西。拐杖在沥青上擦刮，它的下端有一个钉子，她低下头，将拐杖伸进垃圾桶，用钉子叉住一块干面包。

街角是窗玻璃。后面坐着一个男人，身上披一块白布。他年纪不大，干瘪瘦削。装头发的袋子重不起来，阿迪娜心想，他死的时候，肯定还没有一个装满面包的袋子重。剪子一张一合，短短的发梢落在白布上。理发师一边在理发一边在说话。他把时间拉长，长得超越了冬天，就像阿迪娜拉长回家的路一样，因为狐狸在桌子下面翻刨，因为在这里，在头发被剪掉的地方，在窗玻璃前的沥青中间竖着一棵树，因为这棵树自己也是光秃秃的。

第二辆客车在折弯它黑色的风琴，皱褶张开又合上，犄角在寻找道路，驾驶员在吃苹果。一个男人在车还没停时就跳起身，裤腿在飘动，鞋子在闪亮，他穿一件风衣。风琴发出咯吱咯吱的声音，树干行驶着经过玻璃，很多大衣在缓慢行走，行驶是顺着玻璃向后的。唯有那个用绳索固定在一辆红色汽车顶上的棺材，客车带了它一小段，因为道路远远地隔开了树干，隔开了一切，唯独保留了棺材，带着它经过风琴，经过一块块玻璃。接下来是住宅楼驶过，它们前面的人行道已经变成了一堵墙。棺材行驶着经过了最后一块玻璃，风衣男子的目光跟随着它。阿迪娜走向后门。门开了。风衣男子捏了一下阿迪娜的臀部，她站在台阶上，把他撞开，她脚下绊了一下，门关上，灰尘卷起。

男人的脸继续往下行驶。他隔着玻璃向她亮了一下拳头，然后松开手，给她抛过去一个飞吻。

狐狸没有在桌下翻刨。整张皮躺在衣橱前的地上。阿迪娜把钥匙放在桌子上。她站在房间里，然而房间却是独自孤零零地在那儿。两条后腿和尾巴贴得非常密，根本看不见刀割的口子。阿迪娜的鞋尖将左后腿挪开，将右后腿挪开，将尾巴挪开，右前腿带着肚子和头一块儿动，它是连在上面的，左前腿没有带着肚子和头一块儿动，它被割掉了。床没有收拾。

厨房，苹果，面包。

阿迪娜站在卫生间里，卫生间独自孤零零地在那儿。抽水马桶里漂着一个烟头，它在水里已经好几个小时了，已经涨开了。

阿迪娜把钱和手电筒放在桌子上，脱下大衣和连裤袜。她躺在床上。她的脚趾冰冷，睡衣冰冷，床冰冷。她的眼睛冰冷。她听见自己的心脏在枕头上跳动。桌子、钞票、手电筒、椅子在她的眼睛里旋转。闹钟在滴答滴答，直到窗户上的灯光消失。

有铃声，但不是闹钟。阿迪娜在床边找到了自己的脚趾和地板，她啪嗒一声打开灯，打开门，一道明亮的四方形落入楼梯间，她笑了，把脸颊凑了过去。保尔的嘴是冰冷的。他手里拿着一根光秃秃的树枝。会变成丁香花的，他说。她接过树枝，伸出食指，用树枝尖指向狐狸。他将割断的腿一个个捡起来。到今天一共是三个，她说，她一边看着他，一边拉下他脖子上的围巾。他的脖颈剃得光秃秃的。刚理的发，他说。

她把围巾放在床上。到目前为止，我住过的每一个房间，衣橱前都有一只狐狸，她说，在学生宿舍也是这样，尽管很挤，四个人一个房间。宿舍楼里有一只猫，很肥，眼睛几乎看不见，已经逮不到老鼠了。从后面的楼梯到前面的房间，它几乎都溜达过。每块肥肉都能嗅到，凡是嗅到的，统统都吃掉。但是我们的房间它从来不进，因为它嗅到了狐狸的气味。

她把光秃秃的树枝插进嘴里。不要这样做，他说，否则就变不成丁香花了。她走进厨房，花瓶因为上次插的菊花还留下一道棕色的印迹。我昨天在医院看到克拉拉了，他说。她在树枝上闻。她在排队等流产，他说。水龙头发出咯吱的声音，他站在厨房里，水里有气泡，她把水倒到有棕色印迹的高度，然后捧着花瓶从他身旁走过，他跟在她的后面。

又有一条腿，他说，这只狐狸真能让人疯了。他把树枝插进水里。这是一只狐狸，他说，床椅之间就如同一座森林，不需要望远镜。光秃秃的树枝在他的脸颊上投下一个光秃秃的影子。望远镜今天早晨在门卫那儿，他说，他没有朝后面的森林里看，而是朝前面的大门口看。我站在他面前时，他竟然没有把望远镜放下来，而是看着我，对我说，先生，您的眼睛大得像一扇门。保尔脸上那道光秃秃的影子也有可能是一道褶皱。接着过来一个男的，他说，他给门卫钱，因为今天不是探视的日子。门卫让那个男的用望远镜看。我脱下大衣，手臂上搭着我的白大褂。保尔把手指放在阿迪娜的指尖上，问她，一个男人，他给门卫钱，一大清早就带着一个装满新鲜面包的网兜上楼，该怎么告诉他，他的妻子在前一天停电的时候死了。他把阿迪娜拽到面前，说，人们放慢脚步，因为闻到了新鲜面包的味道。她感觉到了他的下巴在她的头上来回磨蹭，他的耳廓里有碎头发。人们为这个男人祈祷，他说，希望望远镜通过放大，能消除一天他的惊惧。她缩回睡衣下的腿，把脚放在他的膝盖上。人们的祈祷是徒劳的，他说，因为从那个男人的脚步声中能听出来，要不了几分钟他就会发疯。

阿迪娜用手捂住脸，透过手指看见树枝是多么地明亮，水中的草秸是多么地黑暗。

保尔啪嗒打开，又啪嗒关上手电筒，他取过桌子上的钱，说，你今天早晨说过给我的。他用手把钱抹平。钞票上有一张脸，脏兮兮的，皱巴巴的，软软的。他用最长的树枝的尖头在那张脸上戳了一个洞，把钞票插在光秃秃的树枝上。又是一个腿，他说。

丢失的锹

左膝抬起，右膝放下，草地被践踏，地面松软。泥巴滑落，笨重的鞋子压迫脚踝骨。鞋带沾满污泥，从早晨到中午两次被扯开，两次被系上。袜子湿了，风在刮，吹干了手上的泥巴。帽子掉进泥巴里。

吸烟多次被命令打断，香烟经过一只只手传递越来越脏，从早晨到中午点燃了四次，薄薄的烟雾从一张张嘴飘出，香烟被掐灭了三次，最后一个人将香烟带着火头扔掉。

战壕够深了，齐到脖子，光线低低地落在草丛的上方，就像树林边上的坦克，就像眼睛上方的额头。白天在树林和山丘之间被拽进地下。

晚上。士兵的眼角在潜伏。金牙军官下达完最后一道命令后撒尿去了，经过坦克，往林子里走了三棵树。士兵们不动脚，不动锹，不出声，他们在倾听，倾听军官的水流撞击地面。但是树枝发出了咔嚓的声音，乌鸦飞进窝，发出叫唤，它们感觉到了在树间缓缓落下的雾气，也许它们在大地的后面，在平原上逐渐逼近的来日中感觉到了落雪。雪，粗糙的雪，干燥的雪，落地不化。雪，白茫茫的雪，乌鸦不得不半张着黑色的嘴，直到逐渐冻僵，因为找不到吃的，只有冻得硬邦邦的玉米。

树林地面的水流声没有了。

军官扣上裤子，将军帽深深地扣在头上，拉紧脖颈上的围巾，用细树枝刮掉靴子上的泥巴。

立——正，报数，每个声音都是不同的疲倦，每一张嘴的每一次呼吸都是冒着同样的哈气但却是不同的动物。列队两排，一排高个，一排矮个。

锹上——肩，军官喊道，一排一排地看了一遍。多尔加，你的锹哪儿去了？伊利杰将手举到帽檐，一只鞋子撞击另外一只鞋子。报告军官同志，我的锹不见了。军官伸出食指，他的金牙比他的脸亮。去找，他说，找不到不要回部队。

向右——转，齐步——走，左右左。士兵沿着坦克的痕迹列队向山冈上前进。山冈从下面，天空从上面，吞噬了他们的身影。

伊利杰听不到他们齐步走的声音了，他顺着战壕走，眼睛在壕沟里四处搜寻，他比地上的泥巴还要黑。锹弄疼了他的手，因为锹不再压迫他的手，因为他的手不必再挖壕沟，因为老茧变成皮肤，火辣辣地疼。他的鞋子找到的只有杂草和泥巴，他的眼睛找到的只有山冈。山冈已经置身于夜色之中，树林变成了一个黑色的角落，里面没有一棵树。

山冈后面是平原，伊利杰心想，也许到了夜里，平原就是水，和水一样平滑，他就可以逃跑了。他和河岸一样黑，他跳水的地方看不见他，水会托浮着他。他心想，如果游的时间长了，眼睛会适应夜色，就能游过去许多，如果横渡过去了，手会触摸到另一个河岸，另一个国家。但是，他想，在上山冈前，必须先脱下笨重的鞋子，在跳水前，必须先摆脱掉它，因为在岸边没有时间解开鞋带。明天早晨，当一天和往常一样早地，和往常一样阴沉地以一道命令开始，以一颗已经醒了很长时间的金牙开始，当队伍踩着坦克的痕迹朝山冈上前进，鞋子就会出现了，树还有乌鸦就会重新出现在树林中。

但是在远方的一个信箱里有一封给阿迪娜的信。里面是一张他的照片，黑色的头发，没有戴帽子，白色的额头，微弱的微笑，嘴里没有叼草秸。

到了山冈顶上，伊利杰害怕了，他不敢从自己的脚底下拔出脚跟。平原是黑色的，但是地上没有水。他走在坦克的痕迹旁边，不敢转身面对自己。战壕都看见了，到了明天，金牙军官就会知道，这是背叛。他的嘴会大声叫喊，他的牙齿会闪闪发光。山冈会默不作声，而且永远不会知道，它曾经在一个额头里度过了一个夜晚，正是因为一个透明的头颅害怕逃跑而赶走了它。

迈出的每一步都会在肚子上压出一个洞，每一次呼吸都会在喉咙里卡进一块石头。破碎的玉米叶刺激着膝盖窝，杂草紧贴在光光的屁股上，伊利杰要拉屎。他抬头，他用劲。他从茎秆上扯下一片叶子，一片细长细长的玉米叶。玉米叶断了，他的手臭了，玉米地臭了，树林子臭了，还有夜色，还有不在场的月色，也都臭了。

伊利杰哭了，他骂遍了士兵、军官、坦克和战壕的娘，骂遍了上帝，骂遍了这个世界所有的生灵。

他的咒骂是冰冷的，他的咒骂不能当饭吃，不能当觉睡。他的咒骂只能使他反反复复地迷途，使他不住地感到寒冷，咒骂在玉米秸之间向上升腾，最终窒息。咒骂造成的是不断的翻腾和平平的倒下，短暂的暴怒和长久的静默。

如果咒骂中断了，那它从来就没存在过。

冷的时候我不能往水里看

我知道我知道什么，克拉拉大声说。有轨电车隆隆驶过，距离栏杆很近。伊利杰太敏感了，她说。桥在抖，树木蜂拥进公园。我早就知道，她轻声说，他受不了狐狸。她的红指甲先是埋进头发，接着又跟着弯曲的白皙的手掌从头发里探出。我也知道，他不会逃跑的，她说。她的头发在飞舞，像一把扇子一样掠过额头，飘进风中。你不知道，阿迪娜说，你怎么可能知道。她看着克拉拉的额头和她细长的描成黑色的眼角。

没有钓鱼的人，河流在城里只是一条由水组成的带子，发臭的排水孔潜藏在水面倒影与河床之间。

克拉拉的鞋子在石板上发出踢踏踢踏的声音。阿迪娜站着没动，克拉拉又走了三步，但是她并没有发现，自己总是在石板的中间来回走。走吧，她说，冷的时候我不能往水里看。她接着停住脚步，她的头发像水中的水草一样幽暗。人们会因为寒冷而觉得像是赤裸一样，阿迪娜说。克拉拉拽着她的手臂，说，我头晕。她离开河边，朝路中间走了几步。阿迪娜把一片干枯的树叶扔进水里。但是你总不至于会因为河水而呕吐吧，她说。她的目光追随着树叶，树叶沉重，而且已经很湿，小浪已经奈何它不得。保尔在医院看见你了，她说。

我知道，克拉拉说，我也知道他会什么都告诉你的。她的红指甲伸进大衣口袋，用双手在大衣里面挤出肚子。我怀孕了，她说。弯曲的白皙的手腕又出现了。你怎么堕成胎的呢[1]？阿迪娜问。克拉拉的鞋跟上沾了一片湿叶子。帕弗尔认识医生，她说。

公园里的草都冻趴了，一簇一簇地倒在路边，密密实实，稀稀疏疏。然而上方的树枝即便没有叶片仍然在倾听。

克拉拉捡了一根草秸，她没有拔，草秸不是长在地上的，就那么横在路上。它被折过了。她没有把草秸夹在手指间。阿迪娜转过身，但是咔嚓声并

1　齐奥塞斯库统治时期的罗马尼亚规定每个已婚妇女必须至少生四个孩子，严禁堕胎。

不是陌生人的脚步声，而是自己鞋底的一根树枝。他是医生吗？阿迪娜问。克拉拉说，他是律师。她转过身，但是声音不是陌生人的脚步声，是一个栎果掉在了路上。你为什么不告诉我？阿迪娜问。克拉拉扔掉草秸，草秸太轻，飞不起来，落在她的鞋子上。因为他有老婆，她说。鞋子又踢踏踢踏响起来，沙子在路上搓揉着。一个女人推着一辆自行车经过。你为什么向我隐瞒他的事？阿迪娜问。自行车上驮着一个袋子。因为他有老婆，克拉拉说。自行车女人回头看了一眼。我们很少见面，克拉拉说。你什么时候认识他的？阿迪娜问。

电影院门口站着九个士兵和一个军官。军官在分发电影票。士兵相互比较座位的排和号。电影海报上是一个笑呵呵的士兵和一根横在两个脸颊之间的铁路道口栏杆。士兵帽子的上方是湛蓝的天空，脸的下面是电影的名字：此处禁止通过。

克拉拉用胳膊肘推了一下阿迪娜，下巴朝士兵努了一下。看他们站的，她说。阿迪娜的目光迷离进深绿色的紫杉。我看到了，她说，没有伊利杰。

传来打招呼的声音，是侏儒。他站在厚厚的鞋跟上，站在破碎的砖头上。

克拉拉笑了笑。城里真冷，侏儒说。克拉拉点点头。他的头太大了，头发浓密，在深绿色的紫杉下显得十分明亮，就像公园里被冻趴下的草丛。现在冷透了，侏儒说，我买的时候还是热的呢。他的胳膊下夹着一块面包。

曾经有过一次但不是现在

一个老头在用手推车拉一个煤气瓶。煤气瓶的阀门上有一个盖子，盖子上挂着一个装面包的袋子，手推车的把手是一个扫帚把，轮子是三轮童车上的。轮子很窄，卡在石板缝里了。老人在用劲拉，那几步的样子如同一匹干瘦的马。煤气瓶的盖子发出啪嗒啪嗒的响声。老人停下脚步，让扫帚把落在地上，他坐在煤气瓶上，揪下一块面包皮。他一边嚼，一边看着杨树的树干，然后又顺着树枝往上看。

有鞋子在后脑里走，有脚步在脖颈里踢踏踢踏。阿迪娜转过头，他的手正在把葵花子往嘴里放，他的鞋子闪亮，他的裤腿飞扬，他的风衣发出咯吱的声音。鞋子在她的脸颊上踢踏作响。是从把行驶的棺材从一个窗户推进另一个窗户的客车上下去的那个男人。我喜欢你，他说。嘴巴朝石子上吐了一个瓜子壳。你床上的功夫肯定很好。那儿有一张长条椅，椅子上有一个空瓶子。和你做爱肯定很好，他说。再往下的一张椅子上，椅座木板的位置上有赤裸的铁钉。滚蛋，她说。然后在第三张空椅子上坐下。她把身体挪到椅子中间，他朝椅子上吐了一个瓜子壳。她靠在椅背上，他也坐下。那边有好几张椅子，她说，把身体挪到长条椅的尽头。他往后靠在椅背上，盯着她的脸看。她没有往后靠。滚，她说，要不然我就喊了。他站起来。没关系，他说，没关系。他冲着自己笑，解开裤子，把阴茎托在手上。那我就告辞了，他说，然后朝河里撒尿。她站起身，恶心得舌头升到了眼睛里。迈出第一步时她甚至都没看地上的石板。她感觉到冰冷的水正通过两个耳朵灌进头脑。他甩掉阴茎上的水珠。我会付钱的，他在她的身后喊道，我给你一百列伊，然后朝你嘴巴里尿。

阿迪娜站在桥上，他慢慢地朝另外一个方向走去，那是他来的方向。他的裤腿在飞扬，他的腿纤细。他在走路的时候经常把手放到脸上，他是在吃瓜子，他的后背细长。

他走路的模样是一个安静的人。

那个下地狱的小罗马尼亚人究竟是怎么一回事，他当时问，我当时说我不知道。他说我三个星期前还是知道的。然后他说，我的意思是，很显然，小人都升天，不下地狱。他说，这是一个矛盾。我当时拉开抽屉，因为我感冒了，我要找手帕。他说我必须关上抽屉。我问他为什么。他说抽屉里可能有什么不应当给他看到的东西。我说这里是办公室，他说四年半以后每个抽屉都是隐私。我笑了，说我不知道他还那么尊重个人秘密。然后他说他的职业是律师，有良好的教养。说说看，那个小罗马尼亚人在地狱都看见了什么？他问。他接下来竟然自己把这个笑话给讲完了：一个小罗马尼亚人死了，来到了地狱，里面很挤，所有人都站在滚烫的齐脖子深的烂泥里。魔鬼把最后一个在角落的空位置分配给这个小罗马尼亚人。小罗马尼亚人站在这里，一直下沉到齐下巴的地方。在中间，在魔鬼的座位旁边，有一个人的烂泥只到膝盖。小罗马尼亚人伸长脖子，认出了是齐奥塞斯库。于是他问魔鬼，公平何在，那人的罪孽比我还要深重。是的，但是他是站在他老婆的头上，魔鬼说。

　　他笑了，笑个不停。过了一会儿他才发现自己在笑，于是眼神开始变得尖利，肩膀开始缩紧，脖颈动脉上的胎记开始抽动。他在恨我，因为他竟然控制不住自己笑了。他手上的动作变得忙乱，他的手如同刀叉，他从公文包里抽出一张纸，把一支圆珠笔放在桌子上。写，他说。我握住圆珠笔，他朝窗外工厂的院子望去，然后口授，我。我问，我还是您？他说，先写我，然后写你的名字。我的名字就够了，我说，这就是我。他咆哮了，我说什么你写什么。这个时候他发现自己在咆哮，于是他用手握住下巴，拇指和食指夹紧脸颊，放轻声音说，写我还有你的名字。我写了。不会告诉任何人，不管和他有多亲近，我在合作。我放下笔，说，这个我不能写。他问，为什么？我说，我不能这样活着。噢，是这样的。他的太阳穴在跳动，但是声音依然保持平静。我站起身，从桌边走开。我靠在窗户上，看着院子里面，说，我不想在工厂再受到骚扰。那么好吧，他说，我原以为你需要整个下午都一个人待着。他把圆珠笔塞进衣服口袋，把纸头窝成一团，塞进公文包。他把公文包完全打开，我看到里面有一张照片，我看不清楚画面，只能看到一面墙。我一看就知道我熟悉这面墙。你以为我们会求你，他说，到时候你会自己找上门来的。他合上公文包，用力关上门。他走了以后，我在那面墙上看见了我的父亲，大大的耳朵和空陷的脸颊。这是我母亲看到的我父亲的最后一张照片。

他叫什么名字？阿迪娜问。保尔说，莫尔古。阿比说，帕弗尔·莫尔古。多大年纪？阿迪娜问。保尔说，三十五，四十五。他没有四十五，阿比说。

咖啡馆里黑黢黢的，窗户一侧的窗帘是暗红色的，台布是暗红色的，吞噬了仅有的一点光线。所有的大衣和帽子都是黑色的。白炽灯孤独地照射着，烟雾都比灯光亮。烟雾悬浮在空中，如同因说话而催生的困倦。窗帘缝外面的河边，空空荡荡的石板上，白日已经接近傍晚。杨树干矗立在自己的根基上。岸边的道路上，风在旋转，忽而将干枯的树叶卷在一起，忽而又将它们吹散。钓鱼的人都在咖啡馆。他们让自己喝得饱饱的。他们不停地喝，直到夜色和酩酊在他们的头脑中融为一体。他们的目光不经意地落在窗外，看见空中不时落下一片片树叶。他们知道，这是远方的树叶，因为河边的杨树早已掉光了叶子，只剩下可以用来做鱼竿的枝条。钓鱼的人不相信这些光秃秃的杨树，他们知道，下面的钓鱼人的头是什么，上面的钓鱼竿就永远是什么。杨树不允许人们在冬天有幸福，钓鱼的人说，光秃秃的杨树会吞噬掉人们痛饮时的快乐。

你把那个笑话讲给谁听了？保尔问。我要是知道就好了，阿比说。

那个害怕西瓜的钓鱼人把还有一半酒的酒瓶放在头上，像翅膀一样伸开双臂，顶着瓶子围桌子走了一圈。

莫尔古给我念了一个声明，保尔说，说没有脸的脸指的是齐奥塞斯库，他还说这个声明是你写的，我没相信，然后他给我看了那张纸头，上面是你的笔迹。他口授的，阿比说，旁边的房间里有一个男的在抄写，我听到了拷打的声音，我都写了。那是在放录音，保尔说，眼睛看着阿迪娜。她的目光穿过两个人的脸，看到的是空空荡荡。在这个空空荡荡之中，阿比的脸上有大大的耳朵和空陷的脸颊。那不是录音，阿比说，我不相信。放我走的时候，已经过了半夜。我走下楼梯。传达室的电话上斜放着一块手掌大小的镜子，旁边是一个里面有水的烟灰缸和一把刮胡子的毛刷。门卫的脸上有白白的泡沫，手里拿着一把剃须刀。我不相信我看到的东西。

我在他的脖子上寻找胎记。直到我站在旁边，门卫从腮帮上拿开剃须刀，大叫有风，然后关上门，我才反应过来他是在刮胡子。街上已经没有人，伸手不见五指，阿比说，我总觉得鞋子上有白色的泡沫。后来开来一辆有轨电车，只挂了一节车厢，窗户明亮。车上只有乘务员一人，他的脸上有一层白白的泡沫。这个车我不能上。

害怕西瓜的钓鱼人把酒瓶举到嘴边，但没有喝，而是闭上眼睛，吻了一下瓶口，然后开始哼歌。他的眼睛迷离在酩酊之中，酩酊迷离在烟雾之中。外面响起了大教堂的钟声，没人知道敲了多少下，总之比一首随口哼出来的歌要短。没人数钟声的次数，阿迪娜也没数。

你把那个笑话讲给谁听了？保尔问。

我在夜里做梦了，阿比说，梦见自己在一座陌生的城市寻找坟墓。我被指引进一个满是石头的院子。后面的院墙就是我父亲在最后一张照片上倚靠的那面墙。我必须剪断一根白色的带子。一个身材高大的肥胖的男人递给我一把剪刀，一个身材矮小身穿白大褂的肥胖的男人踮着脚尖站在我旁边。他对着我的耳朵说，这座院子正在举办落成典礼。清一色的男人们一个一个先后走过。他们都很干瘪，眼睛如同玻璃球，里面没有目光。身材矮小的肥胖男人问，有他吗？我说，他不会在这里的。身材矮小的肥胖男人说，难说，他们都是死人。

保尔和阿比不作声了，手捧着头，头颅里是略有些疲惫的理智。踢踢踏，踢踢踏，钓鱼人在哼歌，他的嘴出现在每个人的脸上。酒瓶围着桌子传到每个人的手上。每个钓鱼人都闭上眼睛，然后喝酒。

这是咖啡馆的一个晚上，这个晚上在城市的各个地方了结了自己的时间，就像旁边不远处一个和人一样大小的影子在河里了结了自己的生命一样。这是城里的冬天，一个缓慢的衰老的冬天，它把寒冷刺进每个人的骨子里。冬天就那么存在于城市之中，嘴巴逐渐冷却，手心不在焉地抓的和放的都是同样的东西，因为手上的指尖变得如同皮制品一般。冬天就那么存在于城市之中，水竟然一次都没有结冰，老人们像穿戴大衣一样穿戴他们已经一去不复返的岁月。冬天就那么存在于城市之中，当幸福的嫌疑出现在年轻人的太阳穴之间时，他们会像仇视不幸一样相互仇视。尽管如此，他们仍然会用光秃秃的眼球去找寻生命。冬天就那么围绕着河流来回走动，那里上冻的不是河里的水，而是脸上的笑容，那里说出的是结结巴巴的话语，那里大声嚷出的是说了一半的话语，那里每个问题都会在喉咙里逐渐失声，越来越哑越来越哑地和舌头一道撞击牙齿。

害怕西瓜的钓鱼人吻了一下瓶口，唱道：

曾经有过一次但不是现在
我睡着了但是我的家伙不肯入睡
但是现在啊现在
我的家伙睡着了我却无法入睡
踢踢踏，踢踢踏

胎　记

　　黑暗被关进了楼梯间，黑暗有一股烧卷心菜的味道。住宅楼的大门是敞开的，但是黑暗仍然找不到通风的地方。在开始的几层楼梯上，黑暗沉重地附着在腿上，重得就连手电筒惨白色的光环也卡在扶手上，然后悄无声息地划过扶手跳上墙面。鞋子在头脑里发出踢踏踢踏的声音。一楼有一个晾衣房，外面有一小束光线落在白色的尿布上。旁边的垃圾竖井是灰色的，如同一个布做的手臂。二楼的一个塑料桶里有一朵光秃秃的天竺葵，闻上去有股霉土的气味，也有烧熟的卷心菜的味道。阿迪娜不想碰它，她靠近扶手让开它。三楼有鞋子在咯吱咯吱。有裤腿在下楼梯，衬衫在明晃晃地闪亮。阿迪娜把手电筒举高。惨白的光环落在男人的肩膀上，还有他的半张脸，他的眼睛，他的耳朵，他的白色衬衫的领尖。被照到的还有衣领和耳朵之间的一块胎记，以及他鼻子的棱角。手电筒的光环在他的下巴上折断了。

两个胡桃，阿迪娜心想，这就是那个用一个胡桃挤碎另一个胡桃的男人。你叫什么名字？那个男人的声音当时还问道。男人已经向下走到二楼，他走了，但是却留在了阿迪娜的脑海里。那是夏天，他当时还问过，我们现在干什么？是他讲的那个小罗马尼亚人的笑话。阿比说过，他的胎记在他脖颈的血管上抽动。

四楼门铃响了，阿迪娜缩回手指，门铃不响了。我知道我知道什么，这是克拉拉说的。门发出咯吱声，克拉拉头发乱蓬蓬地出现在门口。

阿迪娜把门往克拉拉的脸颊方向推，她的头发向后退了一步，站在打开的门后面，看上去头发和门似乎是一体的，阿迪娜走进门，径直穿过过道。厨房门是开着的，有咖啡的味道。

餐盘上有两个杯子、两个勺子，床头柜上有散落的糖粒。床没有整理，缎子枕头上的图案如同嘴里轻轻呵出的絮语。

他刚才在你这儿，阿迪娜说，刚才下楼梯的那

223

个男人是帕弗尔？克拉拉扬起头发。是的，她说。她纤细的手指下，脸颊后的耳朵火一般的红，头发乱蓬蓬的，散落在眼睛的周围。你们很少见面，阿迪娜说，很少就是天天？她的呼吸在催促着每一个字。我知道你为什么总是要藏着他，她说，不要骗我，你的律师是秘密警察。克拉拉腋下的椅子扶手上挂着一条手帕，她纤细的手指扣上内衣，扣子是白色的，圆形的。你即便不开口也在撒谎，阿迪娜说。花瓶里的丁香花被泡得红红的，肥肥的，茎秆相互交织，叶子周围的水是浑浊的。

我不会做伤害你的事情，克拉拉说，他也不会。缝纫机上放着一条连裤袜，阿迪娜一只手托着下巴，走进厨房。

克拉拉靠在冰箱上，食指放在嘴巴上。帕弗尔是一个好人，她用紧闭的嘴唇说。咖啡壶歪放在炉架上，炉子上有溢出来的痕迹。帕弗尔保证过，克拉拉说，他知道，只有在你不会出事的前提下，我才会爱他。擦餐具的抹布在桌子上窝成一团。那个狐狸，阿迪娜说，他有没有告诉过你，他们为什么要割掉狐狸？他和你上床是带着任务的，他要的是我们两个，一个在冬天，一个在夏天。每天早晨他

224

醒来的时候，头脑里就像有两个眼睛一样，有两个愿望，对男人，他的拳头是坚硬的，对女人，他下面的那个东西是坚硬的。

住宅楼窗户外面挂着一条天鹅绒的裙子，上半边是红色的，已经干了，下半边因为还潮湿，颜色是黑的，裙边还在滴水。还有其他人，阿迪娜说，你的好人，他向你保证过也要保护其他人吗？克拉拉咬紧嘴唇，目光从阿迪娜身边划过，直直地朝窗户玻璃外面看去。你不了解他，她说，用手在头上往下压头发。

你怎么能和这样的人上床？阿迪娜说。糖罐没有盖，棕色的咖啡渍像石头一样坚硬。风吹过外面的树木。你不了解他，克拉拉说。那个瘪瘪的绿色的球还卡在树丫上。我不了解的是你，阿迪娜说。树丫上的那个瘪瘪的绿色的球已经忍受了两个冬天了。我所了解的人中，肯定没有你，她说，我原以为我了解你。克拉拉缩回脚趾。地砖的寒气在膝盖上形成一个个蓝色的方块，向上爬进肚子。你在和一个罪犯睡觉，阿迪娜大声说道，你和他一样，你的脸上有他的影子，你听见了吗，你和他一样。克拉拉两脚盘在一起相互焐暖。我再也不想看到你了，阿迪娜大声说，再也不想。她双手来回挥舞，眼睛圆睁，目光如同猎人，从眼眶里跳出来，击中目标。潮湿的嘴巴叫喊出的是舌头上的火焰。她的愤怒是仇恨，颜色深重得和她的大衣一样。

不要走，克拉拉说。阿迪娜甩开抓在她大衣上的纤细的手指，拉开衣袖。不要碰我，她叫喊道，我受不了你的手。克拉拉的头发停留在厨房门里。过道不允许她的脚趾做出迈步的动作。门被用劲关上了。

楼梯沿墙而上，手电筒甩出灯光。阿迪娜的手紧紧握住楼梯扶手，手在三楼和二楼顺着扶手滑下。垃圾竖井发出咕咚声音，她听见竖井里有东西落下，有东西在头脑中落下。下了两层台阶，下面传来玻璃打碎的声音。

站在外面的树下扬起下巴向上看去，那个瘪瘪的绿色的球是那样地小，颜色是那样地暗，仿佛上面什么都不是，不过又是一只眼睛。大衣在身边来回走过，大衣里面不是人，而是十一月。刚到第二周，十一月就已经心力交瘁，变得老去，早晨刚到，晚上就开始了。

我的妈妈一直都可以做我的外婆，克拉拉说过，不是说她的年岁，而是她对待年纪的方式。她变老的时候，我还是一个小孩子。她把我紧紧抱在怀里，对着我的耳朵说，你跑哪儿去了，我的孩子，你怎么能跑那么远？她开始变老的时候，她的丈夫则开始变得越来越年轻，克拉拉说，和她在一起，他越来越年轻。好像他在一直窥视她，以她的皮肤为代价来保护自己的皮肤，好像我妈妈任由自己凋零也是为了他。我不想让自己也走这条路，克拉拉说，大家都不应当变成这样。后来他也加快了脚步。原来和她在一起是强处的地方，后来变成了他的弱点。那一年的夏天到了，这仿佛是他的第一个夏天。在这个第一次经历的夏天中，没有她，他支撑不住了，他追随她死去了。

体育场的大门敞开着。停车场上有警察和警犬。男人们从大门蜂拥而出，他们在唱，在叫。在体育场的灯光下，罗马尼亚的球朝丹麦人飞去，足球赛赢了。体育场的土墩子里，灯光齐射天空，仿佛月亮迷途了一般。丹麦人是什么人？男人们手举三色旗，三种属于自己的条纹，三块在这个封闭的国土上的补丁，饥饿的红色、沉默的黄色和监视的蓝色。有谁知道这些丹麦人？男人们的嘴唇在谈论世界和世界杯，他们的歌声顺着脖子往上爬，如同灌木丛顺着体育场的土墩子往上爬。这些丹麦人要在这个国家干什么？那个长跑运动员事不关己地屹立在那里。每当因欢乐而爆发欢呼，他都会孤独地站在那里。这个时候他成了一个陌路人。

起来，罗马尼亚人，从你永久的睡梦中起来，一个老人在唱。这是一支禁歌，他站在道边石上，盯着一只狗的嘴巴和一个警察的鞋子，他唱跑了自己的恐惧，他高高扬起下颚，用手紧紧抓住皮帽，将它从头上扯下，先是挥舞，然后扔在地上，用鞋子在上面踩踏。踩踏，唱，踩踏，唱，人们可以在他的歌声中听到他鞋底的声音。这是一支禁歌，这支歌有酒精的味道。上面的旗子们失去了理智，下面的头颅们酩酊大醉，脚上的鞋子迷惘。旗子跟着这些男人走进街道对面的夜色。

老人的声音顿住了。上帝啊，他站在光秃秃的金合欢旁说，我们在这个世界上究竟是什么？我们没有面包。一个警察朝他走去，还有一条狗，又是一个警察。老人伸出双臂，朝天呐喊，愿上帝饶恕我们是罗马尼亚人。他的眼睛在稀疏的灯光下闪亮，光彩急剧涌上眼角。狗狂吠着扑上了他的脖子，两个、三个、五个警察把他架走了。

停车场升腾了起来，又沉伏了下去，跟着升腾沉伏的还有那个光秃秃的金合欢。街道把脚步掷过它的脸，停车场上下颠倒了。天空到下面变成了多瑙河，沥青到上面变成了夜色。在上下颠倒的目光中，在那面的土墩子下面，在这片被阻隔的土地的天空，一道白色的光亮落在城市的周围。

那个老人的头垂直着，倒立着。

马蜂游戏

　　孩子的脸上一大清早就呈现出孤独的斑块，孩子两眼分得很开，太阳穴细长。他虽然和其他孩子都坐在凳子上，但是他是独自一人坐着。他的眼球是红的，里面隐隐约约有咖啡色的圈。

　　在一堂课上，阿迪娜有两次想把这个孩子叫到黑板前来。她在他游走于窗户之外的目光中看到，他的思想没有停留在窗户玻璃的后面。这是一种思绪重重的目光。因此阿迪娜叫另外一个孩子到黑板前来，他坐在那个心不在教室的孩子的前面，然后又叫了一个，他坐在那个心不在教室的孩子的旁边。孩子太阳穴旁边的眼睛游走得非常远，它们根本就没有觉察到老师的这个举动。

　　下课后，孩子坐在窗台上打哈欠，他说昨天夜里和妈妈到教堂后面去了，桥后面过去两条街，那儿住着匈牙利神甫，许多人到那儿祈祷、唱歌。在场也有警察和士兵，他们没有唱歌，也没有祈祷，而是在一旁看着。天又冷又黑，孩子说，我妈妈说过，只要唱歌和祈祷，就不会觉得冷，因此那些人都没有觉得冷。他们的手和脸被燃烧的蜡烛照亮，我的手也是的，孩子说。如果把一根蜡烛放在下巴前，烛光能照透脖子和手心。孩子伸出左手指按在窗户上。警察和士兵都很冷，孩子说。阿迪娜看着孩子手指上那一串串疣。杨树矗立在天空中，尖尖的，光秃秃的。妈妈告诉过我，孩子说，没有人的地方就可能有人在，就像在夏天，有的时候有影子，但是那里却什么都没有，一个人都没有。妈妈说过，这就像那些人们看不见也打不开的抽屉。妈妈还说过，这些抽屉在树干里、草里、墙里。孩子右手拿粉笔把左手描在窗玻璃上。这些抽屉里总是会有一个耳朵，妈妈说的。孩子把手从窗户上抽回，玻璃上留下了一个透明手掌的绿色轮廓。耳朵在倾听，我妈妈说的，孩子说，如果家里有客人来，妈妈总是把电话机放到冰箱里。孩子笑了，但是笑容从他的脸上飞离而去。他低下头，将头倚在拿粉笔的手上。我从来不把电话机放在冰箱里，孩子说。

孩子给透明的手画上绿色的指甲。在轮廓因抖动而模糊的地方，粉笔在指甲下面画上绿色的疣。

天空灰蒙蒙的，这不是色彩，因为到处都是灰蒙蒙的。那边的住宅楼虽然也是灰蒙蒙的，但是和白天的灰蒙蒙不一样，那是另外一种没有色彩。

您没有长疣，同志，孩子对阿迪娜说，长大了，疣会消失的，只有小孩会长疣。妈妈说过，等到不长疣了，就开始长烦恼了。

有一股热气从孩子的嘴里冒出来。热气是看不见的，但是到了外面尖尖的杨树下面就能看见。稍微过一会儿，热气会因沉默而悬浮在空气中，然后自己散去。人们差不多能在空气中看见嘴说了些什么。但是这什么也改变不了。人们在空气中看到的东西，只是给那东西自己的，并不是存在的，就如同街上的一切都是给它们自己的，而不是存在的，城市只是给城市自己的，城市里的人只是给那些人自己的。只有这个被扯开的寒冷，它是给所有的，不是单给这个城市的。

窗户玻璃上的透明手指上挂着绿色的浆果。

结婚队伍不长。队伍跟在拖拉机后面，跟在乐手的后面。体育场土墩子后面的第一条街有一个青年之家，也是婚姻登记处。六个警察跟在结婚队伍旁边。他们是不请自来的。婚礼是禁止的，他们说过，因为集会是禁止的。

体育场的大门关闭着，丹麦人回家了，但是那支歌，那支禁歌却传唱开来，在这座城市没有停止过。

夜晚独自来临，狗在吠叫，在所有街上吠叫，比任何一个没有雪的冬天都要近。当夜晚达到极致，在城市只有严寒才能阻止夜晚时，路上依然有人。这个时候已经比最晚的回家时间还要晚。他们拿着手电筒横穿马路。每当他们停下脚步，手电筒的光就会灭掉，就会有火柴的火焰出现在他们的手指上。然后点燃的是蜡烛。

在回家的路上，阿迪娜跟着自己的脚步走。在街角，在粗粗的锈迹斑斑的铁丝卷旁，一道锈水在路上蠕过。如果没有雪，上冻后再化冻，铁丝会慢慢滴干。那条叫奥尔嘉的狗在木棚前吠叫，绿色的浆果在它的眼里闪亮。奥尔嘉，阿迪娜大声说道。狗的头里有一个抽屉，一个打不开的抽屉。白天被封闭在狗的头颅里，在夜晚的吠叫中被倒转回去。

路是自然而然的路，没有距离。脚步是摇晃的脚步，永远相同。

接着鞋子开始加快速度，尽管头里有狐狸，但头仍然是空的。头里永远有狐狸。

每次阿迪娜从街上回到自己的房间，在朝浴室里看的时候，寒冷都会在指尖发生转变，转为火热。然后她的鞋子会踢开狐狸皮上的尾巴和两条腿。天天如此。

抽水马桶里有一个烟头在漂浮，还没有泡大。阿迪娜把鞋子放在狐狸的前腿上。右前腿跟着鞋尖的推动而移动。鞋子没有触动狐狸的脖子。

当心脏开始跳到嘴里时，她的手指将切割缝准确地放到肚子上。

帕弗尔本来是可以当证婚人的，但是自从上次丹麦人事件后，人们都没有把旗子收起来，夜晚也不回家。帕弗尔受命处于待命状态。日日夜夜，这是他说的。丹麦人住在哪儿？他们的球中了邪，他们薄薄的皮肤没有阳光。他们住在地球上相互汇合的地方。他们看上去就是这样，帕弗尔说。

单簧管在撕扯着婚礼歌曲，小提琴在住宅楼之间绷出一根细细的丝，那儿因狭窄而产生共鸣。手风琴跟着脚步一张一合。克拉拉从沥青的缝隙中拔出自己细细的高跟鞋。丁香花折断了，扣眼里别着的只剩下花柄。

拖拉机前，黄色的铲斗悬挂在空中，铲齿沾满了泥巴。新郎和新娘站在铲斗里。婚纱随风飞舞，遇到路上有坑，新娘的白色丁香花会一阵抖动，白色的袖子沾上了泥巴。侏儒身穿一套黑色西服、一件白色衬衫，扎一个黑色的领结。鞋子崭新，鞋跟的高度如同两块断裂的砖头。格里高头戴一顶大帽子，女门卫头上围着一条真丝流苏头巾。门卫手捧一个花环蛋糕。他两眼湿润，唱道：

年轻不再

五月永在

新娘是玛拉。这一天她足足等了两年，集会却被禁止了。

我们结婚，我们不搞政治，新郎曾经说过。

玛拉大腿上的咬痕已经痊愈很长时间了。她连续几个星期每天早晨都在办公室把牙印亮出来。它先是红色的，然后变大，变蓝，绿色时它最大。牙印慢慢长没了，进入了皮肤。接下来变黄，萎缩，消失。

玛拉和新郎有过问题，新郎曾经想退婚。她只好每天晚上都让他看那块疤痕，他习惯了。但是他仍然不相信牙印是厂长咬出来的。他说，要是哪天让我知道这不是格里高的牙印。

雪雁以雪为生，雪却没有来，没有到这里来。它们绕着脖子，张开嘴巴。它们鸣叫。它们在平坦的地面一摇一摆地走路。夜晚的霜冻化冻了，它们伸展翅膀，开始沉重地助跑。当它们收紧脚上的蹼膜，便开始离地起飞了。紧贴着草地上方的空气开始扑扇，然后是掠过树木，犹如光秃秃的树林出现了一阵树叶的飒飒。在天空飞翔的过程中，雪雁排列队形，平原、田野和玉米地在它们的翅膀下逐渐变小。现在没有雪，但是只要某个地方它们飞过一次，这个地方就会牢牢地固定在它们的飞行轨迹上，一个白色的球。下面的地面上是扎根在地上的深绿色山冈。羽毛长时间地跟在山冈后面飞。

乌鸦待在树林子里不走，因为树林是黑色的。

236

树枝在装死。

士兵在玩马蜂游戏。他们站成一圈，站在中央的是大蚊子，大拇指按着太阳穴，其他手指伸直并拢。脸扭向一边，手指不得有空隙。手指捂住眼睛不让看。所有马蜂都围着大蚊子嗡嗡飞，其中一个叮一下大蚊子，大蚊子必须猜是哪只马蜂叮的。如果大蚊子很长时间猜不出来，他会被叮烂。大蚊子越是猜，就越是害怕。手死死按在太阳穴上。击打手是很疼的。每次马蜂叮一下，大蚊子都会摔倒在地，不断地摔，直到再也站不起来。就这样持续不断地玩。马蜂的嘴唇抖动着发出嗡嗡的声音。大蚊子必须看着每一只马蜂，而且必须站着猜。

当大蚊子再也站不住了，他就可以当马蜂了。

但是每次的情况都是在最后一次叮咬后，大蚊子会一动不动地趴在泥巴地上。金牙军官会用靴子尖碰一下大蚊子。他站起来时，眼睛周围会布满了淤青，当他变成马蜂时，他浑身的筋骨会疼痛。

伊利杰很走运，他今天不必扮演大蚊子。

在夏天，我每个星期天下午给儿子十个列伊，军官说。他的目光悬浮在天空，他在追寻雪雁。山上有雪，他说，它们会改变方向。

他咽了一下，说，我儿子一边穿白凉鞋，一边把钱抓在手上不放。然后我们开车进城。我去夏日花园喝啤酒，我儿子则拿上我的证件，跑到拐角的党部自助餐饮店，他喜欢吃蛋糕。他在金牙上咂了一下嘴。蛋糕放在一个玻璃柜里，柜子的高度在去年夏天刚好到我儿子眼睛下面的位置。他现在长高了不少，军官说，到了明年夏天，他看蛋糕就方便了。他最喜欢吃外面有一层淡绿色浇汁的蛋糕，他说。蜜蜂能让蛋糕变甜，厨师每次都这么对我儿子说，因为我儿子胆小，总是不敢睁眼睛。

他吹了一口气，他的呼吸在空气中是灰色的。覆盆子浇汁的蛋糕大部分人都喜欢吃，他说。厨师的手每年夏天都会被马蜂叮肿。肿的部位颜色发青，有些瘆人。他给人服务时，总是用一块白毛巾盖在手上。有意思之处就在这里，军官说，蜜蜂在夏日花园围着啤酒飞，但是不叮人。他的金牙在闪光。党部餐饮店的蛋糕上全是清一色的马蜂，他说。

伊利杰顺着深绿色的山冈往上看，长时间地感觉到一个目光，这张脸苍白，金牙的嘴巴是一个黄色的鸟嘴，是一个雪雁的嘴巴。

如果坦克在林边已经停了好几个星期，如果战壕已经挖好好几天，如果金牙军官对半年的营区生活感到厌烦，对院子里的沙袋感到恶心，士兵就会列队穿过被破坏了的玉米地，走向野外，越过山冈，去玩马蜂游戏。

　　雪雁一摇一摆地走在地面上。不知道它们从什么地方带来了寒冷，它们鸣叫，收起翅膀。它们总是飞到很远的地方，在那里，它们吃雪，它们也会如期回来，但是不吃草，也不吃玉米。如果它们不飞，它们会待在那里，仰望天空，避开树林。

　　马蜂游戏是一种很好的调节，一种很好的战斗，军官说。他不一块儿玩，他在一旁监督。游戏规则在他的金牙上闪光。向后——转，他对大蚊子说。大家一起哼，他对马蜂说。他们哼的时间由他随意掌握。叮，叮，叮，他大声喊叫道，用劲扑上去，别像个跳蚤似的。

外流的城市

　　栗红色波浪长发的女人在擦窗户，身旁有一个冒着热气的水桶。她从桶里拿起一块水淋淋的抹布，从窗台上拿下一块灰色的湿抹布，又从肩上取下一块白色的干抹布。然后她弯下身，手里握着一张窝成团的报纸。玻璃开始闪亮，她的头发被分在两扇窗户上，打开着出现在玻璃上。她关上窗户，也关上了自己的头发。

　　牵牛花被霜冻打黑了，茎秆和叶片缩成了一团。等温度回升了，冻起来的牵牛花便会粘在一起。

　　只有当太阳带着暖洋洋的牙齿在体育场上停留两个星期，这个女人才会去集市买新鲜的白色牵牛花。当花在窗台上出现在女人的手边时，花是包在一张报纸里的。女人会拔出泥巴里黑色的草，用一把大刀抠出深深的根须，再用一根大钉子翻松泥土。把白色的牵牛花一株株从报纸里拿出来时，花根很短，上面有根须。她用钉子在泥土里捅出几个洞，把根须插进洞里，用手指把洞填实，然后给牵牛花浇水，水会从花箱里连续滴两天。

第一天夜里会给新栽的牵牛花调整花茎和叶片，好让别人在那个栗红色波浪长发女人每天早晨站的地方什么都看不见。日子一天天暖和起来，牵牛花独自开放了。冬天的痕迹在白色的花朵下一天天向下爬去。它们爬到了城市的下面。

杨树和金合欢在长出新叶前，光秃秃的树皮发出绿色的微光。寒冷消退了，一切都无遮无掩了。于是独裁者登上直升飞机，在国土上空飞来飞去，飞越平原，飞越喀尔巴阡山。老男人的腿高高地站在风刮来的地方，风把田野里的冬天吹干的地方。

女佣的女儿对阿迪娜说过，在冰川湖在他的太阳穴上闪亮的地方，他伸展手指。他微微弯曲老腿，说，把这座湖弄干了，因为水里不长玉米。

他在每个城市都有房子。每个城市都会在他降落前收紧在他的太阳穴上。他在哪儿降落，就在哪儿过夜。在他过夜的地方，总会有一辆车窗被木板钉死的面包车缓缓驶过街道，面包车里面是铁丝做成的笼子。面包车停在每个房子前，因为每个房子里面的鸡和狗都要被收走，运到其他地方。独裁者只允许让光线把自己唤醒，女佣的女儿说，鸡叫和狗叫会让他情绪失控。那双老腿在去歌剧院阳台演讲的半途中，会突然停在城市中间，这是很有可能的，女佣的女儿说，他稍稍闭上眼睛，因为在清晨，有一只鸡的叫声，有一只狗的叫声闯进了他的睡眠。当他睁开眼睛中的黑色，看见歌剧院又出现在那里，他会伸展手指，说，拆掉这个歌剧院，因为有歌剧院的地方不能有住宅楼。

　　他讨厌歌剧院，女佣的女儿说，军官的妻子从一个首都的军官的妻子那儿听说。有一次他到歌剧院，说，一个舞台上坐满了人，摆满了乐器，大家谁也听不见谁。他说，应当一个人演奏，其他人坐在周围。他伸展手指。第二天，交响乐团被解散了。

　　女佣的女儿说，独裁者每天早晨都穿新内衣、新西服、新衬衫，扎新领带，穿新袜子、新鞋子。东西都封在透明的袋子里，首都军官的妻子说，这样就没法下毒。在冬天，每天都要新的取暖电池、新大衣，女佣的女儿说，新围巾、新皮帽子，或者新的其他帽子。好像他前一天用过的东西都变小了似的，因为在夜晚的安静中他的权力变大了。

他萎缩的脸在照片上越来越大，他额头前的灰白卷发越来越黑。

当老腿睡觉的时候，他前一天用过的东西，会像黑暗一样布满全国。白天用了多少个黑色的皮帽子，就有多少个白色月亮的夜晚，女佣的女儿说。

因为如果白天皮帽子戴在了他的头发上，晚上就不会有黄色的月亮，最多只会有一个半个的、白色的、咧着嘴的、嘴角不能合拢的、朝着天空滴淌口水的月亮。这是一个让狗哀叫的、在教堂钟楼鼓起勇气撞响十二下，把狗的眼神、狗的燃烧的眼神深深刻入头脑的月亮。这个月亮带有拦在归家路上的脸庞，一个夜晚的劫匪，最后一班有轨电车后黑暗中的一个缺口。

在一个人夜晚下车却再也没有到家的地方，早晨可以看到有石头。

窗户前，晚上的幽暗小路有一段时间如同深夜的灯光。地面是黑暗的，狐狸是明亮的，它把被割掉的腿伸到旁边。人们可以拉开窗户。如果有风，墙壁会飘动，人们可以像用手指按窗帘一样，在墙上按出一个坑，如同垂直的水面。伊利杰知道这一点，他每天都在想他的水的平原，想他的软软的道路。他嚼烂了叼在嘴里的草秸，吞了下去，把草秸吃掉了。他从照片上抽出了他的嘴，在脸颊上加上了一块阿迪娜用手指触摸不到的死亡斑块。

阿迪娜从桌子上抽回手。桌子上放手的地方热乎乎的。在下面的地上，在狐狸就是猎人的地方，手指将割下的腿放到毛皮上。在双手将桌面捂热了以后，她的手伸向额头。双手感觉到额头和桌子一样是热乎乎的，然而和桌子不同的是，额头对在这里的居住和生活却是一无所知了。

门铃急促地响了很长时间。房子吓了一跳。阿迪娜透过猫眼向外看，克拉拉在楼梯间，在猫眼里。我看到你的眼睛了，开门，克拉拉说。阿迪娜挪开眼睛，门上的猫眼空了，接着又被克拉拉的眼睛堵住了。克拉拉的拳头在敲门。我知道你在家，她说。阿迪娜靠在墙上。楼梯间里，克拉拉的包的搭扣在地上打开了。有纸头的窸窣声。

一张纸条穿过门缝塞进过道。

阿迪娜看纸条：

有人被抓有抓捕名单你必须躲起来我那儿没人抓你

邻居的门打开又关上。楼梯上传来克拉拉高跟鞋的踢踏踢踏声。阿迪娜用脚尖把纸条从门缝下蹭进来。她弯腰，下巴支在膝盖上又看了一遍，然后把纸头搓成一团，扔进马桶。纸条漂在水上，水在翻滚，但是带不走纸条。阿迪娜的手又伸进水里，捞出纸条，展平，折叠，塞进大衣口袋。

衣橱的门打开了，旅行包放在地毯上打开了，睡衣飞过，落在旅行包旁边的狐狸上。一件毛线衣，一条裤子扔进旅行包。还有一块手帕，一团连裤袜和短裤，一把牙刷，一个指甲剪，一把梳子。

街道的尽头是医院，医院将有光亮的小窗户对着街道，如同一串月亮。窗户仿佛没有房顶，天空仿佛没有过渡，和窗户相互缝合在一起，没有一颗星星。一辆汽车停在那里，两个男人坐在里面。一只小孩的鞋子在风挡玻璃上晃荡。车大灯在照射地面。阿迪娜扭转脸。如果发动机不出声，可以透过大衣听见她的心跳。光线切断了她手中的旅行包。

两个男人走进医院。

大门前是台阶，左右两侧的地面是凹下去的，长满了灌木丛。阿迪娜把旅行包往灌木丛里塞。灌木丛光秃秃的。她的手抖了两下，只是一片被遗忘的树叶，潮湿，干枯。旅行包放得很深，台阶很高，风是黑暗的，比树叶还要沉重。

阿迪娜手插在口袋里在等候。她没有向传达室通报自己的名字。他出来会看见我的，她说。门卫打电话。她的右手在大衣口袋里摸到了那张湿湿的纸条。

门卫来回踱步。他的眼睛穿过玻璃墙。一段台阶，一段夜色，一段消失的声音唤醒他的视线。他的眼睛能承受得住一切，因为它熟悉望远镜。他的鞋子发出吱吱的声音。嘴角有两道皱褶伸入嘴里。屋顶的灯与其说是在照亮，不如说是在注视。在门卫的眼睛里，灌木丛比外面还要亮，因为从他的眼睛里向外看的是两个炽亮的核，每一只眼睛的正中央都有一盏白炽灯。

保尔走下台阶，他的白帽子是一朵大大的牵牛花，它吞没了他的左耳。阿迪娜把潮湿的纸条塞进他的手心。纸条是窝起来的，皱褶比他伸出来的拇指都多。

保尔看纸条，门卫习惯性地在倾听夜色，他的目光是偷偷的。风拍打着外面的铁皮标牌。在车上等着，保尔说。他的白色布鞋站在花岗岩的地面上，他塞给她两把钥匙，钥匙用一根绷带改成的白线绑在一起。这样钥匙不会碰出声音，他说，数下面的窗户，车停在右边第十个窗户的前面。不要穿白鞋子了，阿迪娜说，太显眼了。他看着地面，说，我知道，到了外面我就不是医生了。他的白大褂是石灰做的，刚上过浆，刚熨烫过。

手已经不再害怕灌木丛，即便叶子是干枯的，就算里面是潮湿的也不害怕了。阿迪娜用双手把旅行包捧在肚子前，好让它贴着大衣，看上去就像是大衣。但是在因黑暗而看不见的路上，仍然能看到保尔白色的牵牛花帽子，他的白布鞋，他的白大褂。她数下面长灌木丛的窗户，她一扇窗户一扇窗户地看着风中的树枝，她看见保尔是一个用人的肉体学习技术的糕点师，他的眼睛能放大皮肤下面的内脏，直至它们冷却。

汽车门发出咔嚓的声音。旅行包放在了后排座位上。阿迪娜问自己，旅行包中厚衣服之间的那个小指甲剪钻到哪儿去了。包旁边是安娜的围巾。入口处停着一辆汽车。前门下来两个警察，后门下来两条狗，狗在沥青上嗅着，它们在嗅脚步。阿迪娜现在真想把自己在汽车里变得像指甲剪那么小。

保尔走出明亮的门，走下台阶，他的鞋子是深色的。他像夜班人员一样走在灌木丛的旁边，他在数窗户，他穿着一件和人行道一样的裤子。

他敲窗户，门开了，他的腿就是他的行李。警察在找什么？狗在找什么？阿迪娜问。他转动钥匙，汽车发出嗡嗡声。他们每天晚上都从边界送受伤的人过来，他说，大部分都已经死了，我们去找阿比，然后去乡下找里弗。

街道在行驶，城市是一个顶针，陡陡的，黑黑的，住宅楼狭窄得如同太阳穴。太平间旁边是一个工场，保尔说，专门负责焊接棺材，然后棺材由警察监护送给家人。那个里面谁都进不去，保尔说。

上面的窗户有灯亮。保尔没有按门铃，只是敲了一下门，阿比打开门，脸上有笑容，眉毛高高扬起，身上有酒味。阿迪娜把纸条递给他，保尔抓住他的肩膀，说，快走，我们去乡下。阿比的眼睛僵住了，睁得大大的，但是在他的脸上仍然很小，他点点头，但是很快又挣脱了。我不想知道到哪儿去，他说，我不和你们走，祝你们走运，有什么用，祝你们走运，乡下还不是照样很小。

黑暗的街道尽头，有人在走动，他们拿着手电筒，黑夜隐去了他们的衣服。保尔慢慢地开，保尔轻声地开。

阿迪娜想了一会儿，这座城市因为传唱了那首禁歌，所以再也不会安静了，街道将会永远通向乡下，到处都会变成城市。在黑沉沉的田野的某个地方，当道路转向时，钟声会敲响，因为冻僵的玉米地后面的那座树林是一个公园，公园后面是教堂的钟楼，空空荡荡的农田并不空荡，因为在这一切的正中央，那条河水正在缓缓地流淌。

独裁者在空中看到了这座外流的城市，他调集所有士兵围堵这座外流的城市。士兵们用铁锹挖沟，阻断了外流的城市和乡下的联系，没有一座桥梁。

伊利杰也在挖，也在挖，一边挖一边在给阿迪娜打着手势，手指向波浪一样起伏，手上的锹尖带着鞋子挺进到城市的边缘，心里却在想着多瑙河。

保尔带着他的白布鞋坐上汽车，他开，不停地开，到了城市的尽头，到了城边最后一个灯光没有了光亮，他没有说一句话。他在下面的田埂上来回开，他望着上面的天空，寻找白色的月亮。他突然想起来，自己是一个医生，旁边还一言不发地坐着一个人，这个人肚子里面的内脏还是热的。

夜　壶

保尔的手抚过阿迪娜的脸。

阿迪娜惊醒了。我们到了，保尔说。她的头脑里有一股细沙在流动，她推开脸颊上保尔的手。我睡着了吗？她问。她睁开眼时，脸有些变形，脸颊有些下陷。

里弗家门前的长凳有一头低一些，那一头的腿在水洼中陷进泥巴里了。栅栏后面的窗户是黑的，大门上的门闩是扣着的。

在多瑙河阻断这片国土的南方，房子都是街边村。没有可能延伸，栅栏相互紧挨，每座房子后面都有一个花园，花园后面就是街边。狗没有地方溜达，没有地方吠叫。里弗在夏天说过，这里的人养狗多，不是因为盗贼，这里从来没有过偷盗，而是为了听不见枪声，人们不养鸡而养鹅，因为鹅可以嘎嘎叫整个通宵。但是人们对此已经习以为常了，他们听不见狗的吠叫和鹅的嘎嘎叫，听到的是枪声。

阿迪娜在细听，院子里有鹅发出短粗而又深沉的嘎嘎叫声，邻居家的院子也有，对面的院子也有。它们被关在木笼里。可以听见它们脚掌踏地的声音，它们的翅膀在挤压木板，它们相互挤撞，无法睡一个好觉。一个街边村每天夜里都是一条和鹅脖子一样的袜子。

到了夏天，里弗当上了新郎。他娶了村里的一个女教师，因为他是异乡人，于是便听任自己做了这样的决定。他的妻子非常年轻，甚至到了几乎够不上他年龄的程度。他独自保留了自己的沉默和倾听，因为她习惯于女人说话男人在一旁坐着，在一旁独自坐着。她是伴随着枪声、狗叫和鹅叫长大的。

夏天，阿迪娜带着保尔参加了里弗的婚礼，年轻的妻子身披白纱，穿一身长裙，长着一副羊羔脸。保尔当时说，这是一只从来没有吃过草的羊羔。所有的人都拥抱她，亲吻她，唯独里弗只是握握手，把脸扭向一边。新娘吃得很多，里弗则心不在焉地咀嚼着。里弗跳舞，如同口袋里揣满了石头。她跳舞，仿佛身上的白色是一片飞翔的羽毛。她没怎么说话，每当说点什么的时候，脸上总是浮现出微笑。村警喝醉了，一边吃，一边说笑话，一边独自笑着，因为他的醉语总是同一句话，没人明白他在说什么。神甫把他的黑帽子套在一个酒瓶上，灰白的胡子上挂了几根面条。吃完饭后，他把神甫袍掀到膝盖的位置，和村警跳起舞来。里弗看着阿迪娜和保尔，问，你们什么时候成亲？保尔说，快了。阿迪娜感觉到谎言在她的脸上掠过。她手指着村警，问羊羔，你们是亲戚吗？里弗没有说话。年轻的羊羔微笑着说，乡下就是这样，不能少了警察。

保尔手里拿着几块碎石子，朝窗户扔去，石子先是发出咔嚓声，然后是沙沙声，因为地上全是干枯的树叶。他们睡得很死，保尔说。狗叫得越发厉害，鹅则一声不吭。保尔翻过栅栏，用手指敲窗户。一个窗户终于亮起了灯光。

里弗的头被睡觉压扁了。窗户发出咯吱的声音。是我，保尔说。他挺起下巴，脸被黑暗笼罩。我们要躲起来，他说。里弗听出了他的声音。他们把汽车推进粮仓。里弗用麦秆盖住汽车，轮子前堆上袋子。鹅的白翅膀在木板缝里闪亮，它们发出嘎嘎的叫声，用嘴巴敲打木头。

羊羔身上穿着睡衣，脚上蹬着一双特别大的鞋子站在台阶上，用手电筒朝粮仓里照出一个白圈。但是白圈没有效果，它停留在一汪水洼中，它在水中看见了自己。

羊羔在厨房的灯光中微笑。我们昨天还谈到你们的，里弗说。说到你们，你们就出现在门口了，羊羔说。阿迪娜把包放在炉子旁，保尔伸手掏衣服口袋，拿出一把牙刷放在桌子上。这就是我的行李，他说。

羊羔领着阿迪娜走进黑漆漆的房间，拉上窗帘，大朵的玫瑰花。玫瑰花在台布上再次出现。这是电筒，羊羔说，不要用手电筒，外面能看见。她把衣橱里的衣服往一边推。这里的人都知道我们睡哪个房间，这里还有地方放你的衣服，她说。

同一个房间，同一张床。婚礼后的第二天清早，阿迪娜躺在保尔身旁，问，你为什么瞎说？保尔叹了口气，有蚊子在围着灯光飞舞。为什么里弗相信我们还在一起？保尔打了个哈欠，说，这个很重要吗？婚礼的那天早晨下了雨，然后是扎人的酷热，温度到了夜里并没有凉下来，窗户根本没法关。保尔在嘴巴还没有合拢前就已经睡着了。他在睡梦中掀开腿上的被子，呼噜一直打到了脚趾尖。阿迪娜关上灯，蟋蟀发出的颤颤巍巍的唧唧声传遍全村。民歌的乐器还在她的头脑中萦绕。蚊子嗅到了酒气，只在她的脸上扑来扑去。保尔和里弗喝了很多酒，保尔还和一个满嘴没有牙齿的会计探讨了国营奶牛的牛奶中蛋白质含量下降的问题。

阿迪娜在这个蚊子之夜梦见自己在和这个没有牙齿的会计跳舞。院子的地上有一把勺子，会计步步都会跳到这把勺子上。她拽开他，把他拽到花园的边上。但是到了花园边上和她跳舞的时候，地上又会冒出一把勺子，他又会步步跳在勺子上。一个凋零的，有了些年纪的女人背对桌子坐着，在盯着他。她说，跳得规矩点。这位女士是城里人。

手电筒在黑乎乎的包里翻找，梳子在最上面，指甲剪在最下面，牙刷在连裤袜中间。睡衣在皮肤上凉飕飕的。胳肢窝发出汗味，脚上也有汗味。保尔手握牙刷柄，牙刷头插在嘴巴里。里弗把一个白色的夜壶放在床边。不要去院子，白天也不要去，他说。

保尔的牙刷从嘴里掉到桌子上，他围着桌子走，用手电筒照着一束玫瑰。外面有狗在吠叫，他嗅着窗帘上的玫瑰。可以把鞋子放在你的鞋子旁边吗？他问。他用手电筒照阿迪娜的鞋子，把鞋子放在旁边。他穿着衣服倒在床上，笑了。

我憋不住了，阿迪娜说。她取过夜壶，床上没有了脸，只有保尔的衣服。在粮仓的时候我就已经憋不住了，她说。在路上我一共害怕了三次，保尔说。她用手电筒照了一下夜壶，是新的。最糟糕的是哗哗声，她说。我可是乐手呀，保尔说。她把夜壶推到两腿中间。我会吹口哨的，他说，我爷爷以前和他的马车夫吵翻过，马车夫总是把马停在爷爷的房子跟前，吹口哨，让马撒尿，然后再继续往下走。哗哗声出来了，阿迪娜感觉到大腿间有一股热气。椅子上有一张报纸，阿迪娜用报纸盖上夜壶，细听了一会儿。窗帘后面悬浮着风，它晃动着光秃秃的树枝。你的哗哗声和我想象的不一样，保尔说。

我们以前有一个夏天的厕所，一个冬天的厕

所，四个夜壶，阿迪娜说。夏天的厕所在葡萄后面的干枯的花园里，冬天的厕所在过道后面，夏天的厕所是木板的，冬天的厕所是石头的。我的夜壶是红的，妈妈的是绿的，爸爸的是蓝的，第四个是玻璃的，最好看，但是从来没有用过。是给客人用的，妈妈说过。我们从来没有过夜的客人，只有不过夜的客人。裁缝一年会来个两三次，给妈妈送做好的衣服，站着吃两个小面包，然后就走。到了秋天，爸爸从养羊的村子弄来梅子酒后，理发师有时会来。他站着一口气喝三杯，然后就走。爸爸有时会说，你总可以给我剪一下头吧。理发师说，我只在店里剪头，再说我还要一个镜子，我必须在剪头时像看你一样看我自己。

到我们这儿来的人，都住在那个脏兮兮的城郊。没有客人，没有人过夜，阿迪娜说。保尔没有说话，他裹着衣服睡着了，没有脸。

指甲在长

我刚刚想起来了，但是又忘了，一个女人的声音站在窗前说。玫瑰花在白天显得更大一些。外面的鹅在叫，叫声和夜里不一样，更亮一些。阿迪娜看见鹅排成白白的一行，一只挨着一只，长长的，和街边村一样长，长得甚至还要探出去一些，一直探到农田里，探到冻僵的玉米不再不理会它们，而是趁着它们还是温热的，把它们挨着个儿一直到村子里全部吞噬掉。这里的人挨着个儿坐在窗户上，和村子一样长，看着玉米一只一只地把鹅吞噬掉，一点不吃惊。因为他们对边界的枪声已经习以为常，阿迪娜心想。能让他们吃惊的只有冻僵的玉米秆挨着个儿行进到村子里，像村子一样长地排列到街道的正中央。

保尔的脸灰灰地趴在枕头上，看上去比在城里苍老。他的衣服皱巴巴的，还是昨天穿的。衣橱上摆放着一排一次性的杯子，用玻璃纸和绿色的线扎着。杯子里面整颗整颗的杏子像石子儿一样。她的头里面是凉的，她用指尖敲打着额头。她的牙刷摆在他的旁边，再旁边是指甲剪。她手握牙刷柄，牙刷头插进嘴巴里。

衣橱前，阿迪娜感觉到了脚趾下的狐狸，地毯边上只有白色的地毯须，她闭上眼睛，光着脚跟拉进鞋子。她闻自己的手帕。她端着夜壶走进厨房。

炉子上有火苗。厨房桌子上有荤油和一个长条面包，旁边有一张纸条：我们十二点回来。

日日夜夜像阿迪娜头脑里的鹅一样，就这样一个挨着一个排列着，但是没有村子，像脊椎一样隐而不见，无止境地漫长。由从脖颈到指尖，由床、窗帘、夜壶和厨房组成的日日夜夜。或长或短的日日夜夜，每一次发出动静后的倾听总会将恐惧转化为逃身，耳朵比熟悉屋子里一切的眼睛还要清醒。

收音机和电视只有我们在家的时候才能开，这是里弗说的，否则邻居会听见。

只要门口有人喊门，而且喊门的男人拽拉门闩，而且隔着门缝看见他身穿制服，阿迪娜和保尔就会在房子里找最靠后面的门。他们俩紧挨着站在餐厅里，直到声音完全消失。然后院子的台阶上出现了一份报纸，然后知道是邮递员。里弗和羊羔从学校回来后，报纸摆放在厨房的桌子上。报纸的头版是额头的卷发和眼睛中的黑色，下面的文字是：人民最可爱的儿子飞往伊朗，几天后，他从伊朗回国，重新回到这个国家。

阿迪娜心想，头上的耳朵肯定因为倾听而展平了耳蜗和耳旋，它们肯定平得就像手掌，它们肯定会长出手指，像恐惧一样会急剧颤动。只有夜壶里的哗哗声，细听起来每次都不一样，保尔的时间每次都比她长，保尔会摆弄他的水流，用假嗓子冲着黄色的沫子发出笑声。在不得不大便的时候，他会骂人，因为便秘而痛苦不堪，他觉得自己就像一只藏在床角里的虱子。

夜壶上的报纸总是前一天的，保尔总是把有额头卷发的那一版朝下放。稍过一会儿，他把柴火和干燥的玉米棒放进炉子里，长时间地盯着炉火，然后眼角从胳膊下面斜看，因为阿迪娜的乳房赤裸地悬在水盆上，肥皂冒出沫子。阿迪娜知道，他会带着火辣的脸，用冰冷的双手抓她的乳房。她在等待，她无法忍受这种等待。然后他的脸会苍老地，她的脸会空荡荡地出现在椴花茶中，被勺子柄分开，每张脸都在各自的茶盘里。两把勺子都会搅拌，直到糖溶化为止。我还从来没有听到过枪声，保尔说，我能听见狗叫声和鹅叫声，能听见邮递员喊门的声音。我倾听的都是声音大的东西，尽管里弗告诉我，枪声很轻，就像折断了一根树枝，但是不一样。

过了不知道多长时间，有钥匙在门里转动，里弗把一个长长的袋子放进厨房，里面是一棵不能让街边村的村民看见的圣诞树，圣诞树是一棵瘦巴巴的白冷杉，是一个学生的父亲，卡车司机，在喀尔巴阡山的森林小道上偷的。是昨天，保尔说。不，是今天早晨，阿迪娜说。里弗把袋子靠在墙上，马上又要走。去开会，他说。他从外面锁上门。保尔把包裹圣诞树的袋子抽下来，针叶一碰就碎地、灰灰地看着厨房。把树放进袋子里，阿迪娜说，我看见它就受不了。

昨天指甲剪发出咔嚓声的时候，声音不一样。阿迪娜看着圆弧形的指甲从指尖落到桌子上。自从狐狸被割了以后，我的指甲长得就特别快，她说。保尔用他的假嗓子发出笑声。阿迪娜将食指伸进嘴里，用牙齿咬断指甲，嚼碎，然后咽下去。我在学校每天都能看见，那些没人管的孩子，他们的指甲和头发长得比那些有人照料的孩子要快很多，她说，生活在恐惧中，指甲和头发就长得快，从孩子剪了头发的脖颈能看得很清楚。保尔切开荤油，切成透明的薄片，吃下去前先放在嘴唇上转了一圈。我是医生，我不得不反驳你，他说。然后用手指着报纸上刊登的额头上的卷发，说，如果是这样的话，那么这些头发有朝一日会从额头一直长到脚趾上。他给指甲抹上薄薄的荤油片，荤油发出闪亮。你对人不了解，阿迪娜说，你看见的是你切开的人，他们不是病了就是死了。你什么都不了解。如果一个独裁者能从医学上给予解释，那他就是在人的大脑里，胃里，肝里，或肺里。保尔用闪亮的指甲捂住耳朵，大声说，独裁者蛰伏在心中就如同蛰伏在你的小说里一样。

额头上的卷发每天都能长到脚趾上，阿迪娜心想，装头发的袋子早就已经满了，结结实实地满到袋口，比他本人还要重。他在欺骗所有的人，也包

262

括理发师。

那是前天，汤盛在了碗里，保尔想叫阿迪娜吃饭，但是喊出来的却是阿比。汤盛在碗里，在两人沉默的时候结了一层薄薄的皮，挂在了汤勺上。保尔说，你知道那个小罗马尼亚人的笑话阿比是讲给谁听的吗？谁？阿迪娜问。保尔说，伊利杰。

阿迪娜朝汤碗里看去，汤眼依然是圆的，即便用勺子搅拌也没有散开。阿迪娜第一次听到了一种响声，不是狗叫，不是鹅叫，就像折断了一根树枝，但是不一样。声音在自己头脑的深处。

在同一天，在晚上，或者是在晚上过了以后，羊羔给圣诞树带来了满满一袋巧克力，每颗都用红纸包装，每颗上面还系了一根真丝线。一个护士给的，羊羔说，她儿子是我的学生。她拿起一块，整个塞进嘴里，让它无声无息地在舌头上融化。里弗有的时候想回城，她说，现在好了，我们住在这里，用里弗的话说就是，我们住在世界最偏僻的地方。这里每个人都知道，邻居前天晚上吃了什么，邻居买了什么，卖了什么，有多少钱。里弗说，每个人都知道邻居地下室里有多少瓶酒。她又吃了一块巧克力，然后切开一只鹅，把大腿从肚子上割下，翅膀从胸脯上割下。我的表现不引人注意，里弗说，在学校也是这样。我只管听，脑子里想自己的东西。羊羔把鹅的胸脯放到鹅的长脖子上，切开嗉子。嗉子里面全是细沙。我知道我是一个机会主义者，里弗说，要不然你们就不可能待在这里了。你们能躲多长时间？羊羔问，她把一片月桂树叶放在桌子上。

你们在这个国家还有什么地方可以待？里弗问。阿迪娜在削土豆，保尔看着土豆皮在拇指和刀之间卷起一个个圈。

如果我们不得不跑到农田后面的多瑙河边上，如果我们不得不逃跑，阿迪娜说，你们肯定会听到枪声，然后料定是我们。我们要不了半个小时就会躺在那边的麦田里，直到来年夏天收割机开过来。保尔拉过阿迪娜的肩膀，她冲着保尔说，会计会解释面粉中蛋白质含量为什么会上升。保尔用手捂住她的嘴，她推开他的手，看着土豆在漂浮。有的时候，她说，你们在吃饭的时候会发现牙齿上有头发，它不是从面包师的头上掉到面团里的。

透明的睡眠

　　宰鹅的那个晚上过后，大家一言不发地上床睡觉，睡得很深沉，因为都是带着面包里的头发入睡的。睡眠在这个夜晚之所以深深地潜入进他们的身体，是因为它为这个晚上感到羞愧。

　　阿迪娜在这天晚上把睡衣放在桌子上，说，我不脱衣服，我冷。她从衣橱里取出大衣，放在被子上。保尔精神萎靡，因为自己而一蹶不振。阿迪娜不想睡觉，她非常清醒，甚至清醒到眼睛充斥了整个房间。她一动不动，她在等待。保尔的呼吸在睡眠中非常均匀。

　　然后她把脚跟拉进鞋子，穿上大衣，她想出去，沿着街道走，但不是到边境，只是想到农田的玉米地里。或许可以躺在地里，她想，然后冻死。伊利杰说过，严寒会透过脚趾，在进入肚子的过程中，只会让人感觉到疼痛。然后就快了。当严寒到了脖子的时候，皮肤会开始火热。人于是在温暖中死去。

外面有狗在叫。房间里没有沙沙的声音，没有咔嚓的声音。

保尔伸手抓住她，把她拉到窗户前。他把厚窗帘拉到一边，将后面的薄纱窗帘掀到她的头发上。你不能这样做，他说，你看，洼地里是水，不是冰，泥巴里的鹅脚印是软的，没有上冻。他看着她。你头上披着薄纱窗帘就和羊羔一样，他说。

他脱下她的大衣。阿迪娜没有反抗，在他给她脱鞋子和衣服时，心里只是在想，他的睡眠是透明的，是一条长长的过道，空空荡荡，什么都藏不住，甚至连某个人在黑暗中站在他身旁想的东西也藏不住。

他伸手抓她的乳房，她失去了支撑，往日的岁月，和保尔在一起的岁月，重又回到了她的体内，他的阴茎火热而又执拗，她的皮肤虽然也火热，但是和希望在玉米地冻死不一样。不过她心里清楚，火热的并不是她，而是他们藏身的地方。现在狐狸也在他们住的房子里，里弗和羊羔根本驾驭不了狐狸的危险。

阿迪娜在黑暗中坐在保尔的身旁，他的香烟头在闪亮，他抚摸她的额头。刚才那个发出呻吟的人现在已经不在这个额头里面。你自责吗？他问。她看见一次性杯子里的杏子在屋顶下面的空中悬浮，但是看不见衣橱。是的，她说，但是没有关系。其实一次性杯子里的杏子她也没有看见，她只是知道它们在那里。

因为在手做出每一个动作的时候，在脚迈出每一个步子的时候，在睡觉的时候，在她做的每一件事情之后，她都知道，里弗和羊羔生活在一个街边村，一棵病歪歪的圣诞树在等待着他们，他们会将圣诞树装饰起来，紧贴玻璃放在窗户上，给街上的路人看，和上次一样。但是外面没有人走动，最多只有一大清早走过田野的两个陌生人，一个女人带着一个孩子，一个希望得到一只狐狸的孩子。

我永远和你在一起，但是从不和你睡觉，保尔说，对你来讲这是一种分离。香烟在燃烧，迅速地在他的嘴上将自己吞噬。

这天夜里她做梦了，梦见克拉拉穿着裙子，拿着黄色的玫瑰花束站在上了冻的玉米地里。风发出干枯的飒飒声，克拉拉拿着一个大大的包。她说，这里没有人，他们找不到你。她打开包。包里有榅桲。克拉拉说，吃吧，我给你洗过了。阿迪娜拿过一个榅桲，说，你没有洗。她的围巾上有动物的皮毛。

黑白相间的天空

　　每天早晨，阿迪娜把干椴花扔进烧开的水里，它们会泡大，花柄和皮一般的叶片会变成浅绿色。为了能把一天天区分开来，她数烧茶的次数。每一天总是一样的，总是有早晨，总是有狗和鹅在街上。桌子上总是有一张纸条：我们十二点或一点或傍晚的时候回来。椴花茶喝起来总是有睡觉的味道。夜壶总是会在厨房门边发出臭味。

　　她很少透过厨房窗帘缝朝外看，因为院子的栅栏是铁丝的，丁香花丛是光秃秃的，可以看穿院子和花园。

　　只有保尔经常朝外看，然后自言自语，天空是什么颜色，泥巴是什么颜色，是不是冷。

　　今天早上村子里有声音，保尔醒了后一直坐在窗帘缝前。这里的街道是空空荡荡的，他说，但是村子里面有人在吵吵嚷嚷，在叫喊。

阿迪娜透过厨房窗帘缝朝外看，太阳耀眼，光秃秃的丁香花将影子投在沙子上。邻居家的女人在院子里摆了三把椅子，她脸小，布满了皱纹。在阳光下她有小胡子，但是没有眼睛。她拿出两个枕头和两条羽绒被子，在院子里拍打，然后搭在椅子上。

保尔的茶凉了，因为他的眼睛在窗帘的玫瑰花后面着迷了。

里弗敞着衣服从窗帘缝前走过，没穿大衣。里弗回来了，急匆匆的样子，保尔说。他迅速坐到厨房桌子上，喝他已经凉了的茶。阿迪娜从厨房窗帘缝看见里弗没有锁大门，从光秃秃的丁香花旁走过，手里拿着围巾。阿迪娜拉上窗帘，迅速坐到保尔旁边，用双手托住头。钥匙在钥匙孔里转动。里弗的脸通红，满是汗水，他把围巾扔在厨房桌子上。你们没听见街上发生了什么吗？他气喘吁吁地走进房间。

他双手颤抖，打开电视机。齐奥塞斯库发表不了演讲了，他说，民众淹没了他的声音，一个保镖把他拽到窗帘后面去了。阿迪娜哭泣了，荧光屏上石块样的方块和窗户在变模糊，中央委员会和前面的大衣被推搡在一起，几千件大衣模糊成一片农田，上方笼罩着呐喊。阿迪娜的脸颊在燃烧，她的下巴在舒展，她的手在变潮湿，小小的呐喊的脸庞变成了眼睛组成的条纹，他们朝天空望去。他在逃跑，里弗叫喊道，他在逃跑。他死了，保尔叫喊道，只要他逃跑，他就死定了。

中央委员会的阳台上，一架直升飞机悬浮在半空中，逐渐变小，变成了一个飘浮在空中的灰色的针头，直至最终消失。

荧光屏上只有一个空空荡荡的，黑白相间的天空。

里弗亲吻荧光屏。我要吃掉你，我要吃掉你，他说。他湿润的吻悬挂在黑白相间的天空。阿迪娜看见一双老人的腿悬浮在空中，两个尖尖的膝盖，两个白白的腿肚子，高高在上的额头的卷发，还从来没有过那么高。保尔拉开所有窗帘。房间应当是亮堂堂的，亮得墙壁会摇摆，因为每一面墙都比整个房间还要大。

羊羔站在门口，还在因为走路而喘气，笑得两汪圆圆的泪水涌上眼眶。在教堂门口，村警被揍得只剩下了裤衩，她说，会计把他的裤子扒下来了，神甫把他的警帽挂在了树上。

对面的那个老妇人什么都知道，羊羔说，她在两天前就已经说了，这个冬天很暖和。

冬天的雷霆冬天的闪电
十二月的天空变成碎片
国王注定会归天

这就是她的话。我现在老了，以前就是这样的，她说。今天早晨她问我有没有在昨天夜里听到什么声音。不是枪声，她说，是雷雨，不在这儿，在北面很远的地方。

里弗和保尔在喝酒，酒瓶发出咕噜咕噜的声响，酒杯发出咣当咣当的声音。保尔穿着里弗的晨服，手拿酒杯，光着脚，迈着大步，围着厨房桌子走，嘴里在用深沉颤抖的声音唱那支禁歌：

起来，罗马尼亚人，从你永久的睡梦中起来

里弗在他的肩上放了一块餐布，手拿酒瓶，用

272

高亢尖利的嗓音唱道：

今天开心明天开心
事情就会越来越顺心

厨房的橱柜里，锅碗瓢勺发出叮叮当当的响声，保尔让正在觉醒的罗马尼亚人在唱到一半时戛然而止，围绕着里弗跳了起来，一边跳一边跟着唱：

干，干，干干干
干，干，干干干
永不回头永向前

羊羔靠在炉子上。在她肩膀的后面，邻居的院子里挂着那个老妇人的枕头和羽绒被。它们非常明亮，仿佛是在椅子上睡觉。

直升飞机会在什么地方降落？羊羔问。保尔说，在天上，在小罗马尼亚人的烂泥里。

我小的时候，集市广场旁边有一个旋转飞椅，羊羔说。第一次下雪就停飞了，因为米哈伊不抗冻，他的脚是僵的。想要坐旋转飞椅，必须到人民代表大会买票。儿童坐一次必须买三张票，大人坐一次必须买五张票。据说要用门票收入建一条贯穿全村的柏油马路。米哈伊要求每个人出示票，在票上撕掉一个小角，把撕下的小角扔进一顶帽子里。他在夏天会让大一点的姑娘免费坐飞椅，因为他会在开动前站在一个大箱子前把手伸进她们的裤子里。有些姑娘向市长抱怨，但是市长却说，没关系，反正也不疼。米哈伊开动飞椅，关停飞椅，每次旋转的时间一模一样长，因为他在操纵时总是盯着教堂塔楼的大钟。中午午休，他吃饭，给马达灌一桶柴油。他总是在晚上修马达，这样在白天就不会耽误生意。他很在行，马达是自己用两个拖拉机的旧发动机改装的。如果飞椅上只有女孩子，我也会坐上去，羊羔说。上面有男孩子我就不坐，因为他们会截住女孩子正在飞行的椅子，猛转铁链，直到姑娘们晕得呕吐。米哈伊会教男孩子怎么截住女孩子的飞椅。

　　冬天的一个晚上，两辆黑色的汽车驶过村子，是从边界巡视回来的，据说车里有三个高干、一个边防军官和三个警卫。他们喝得酩酊大醉。其中一个敲邮递员的窗户，问谁有旋转飞椅的钥匙。邮递员指了指村边米哈伊住的地方。

敲窗户的时候米哈伊已经睡了。他不想开窗户，但是窗户敲得没完没了。好吧，好吧，钥匙在我这儿，米哈伊说，但是马达没有油，我没有油，油在人民代表大会。米哈伊和警卫到了后，他朝马达里看了一眼，说，够飞一次。然后呢？警卫问。然后马达就会停机，米哈伊说。

警卫做了一个手势，车上的人全部下车，坐上旋转飞椅。警卫坐在高干中间，军官坐在后面。米哈伊站在马达旁边，等每个人固定好座位上的链子。开吧，警卫说，开动了以后你就可以回家了。

马达转动，飞椅开始旋转。链条张开横在空中。米哈伊回家了。这天夜里有月亮，但是很冷。马达在隆隆作响，飞椅整整转了一个夜晚。

第二天早晨飞椅停了，羊羔说，飞椅倒挂着，里面挂着七个男人，全都冻死了。

羊羔抹去眼睛上的两滴眼泪，嘴巴张开又合上。第二天，一个委员会进驻村子。旋转飞椅被禁止，被拆掉，被运走。贯穿村子的柏油马路终究没有建起来。米哈伊和邮递员被当作阶级敌人逮捕了。米哈伊在法庭上说，那天是夜里，柴油是黑的，他可能看花眼了，可能马达是满的。邮递员说，他听见旋转飞椅转了一个通宵，到凌晨的时候外面才安静下来。他朝窗户外面看过一次，看见同志们在空中旋转飞行。是的，他听见了他们的叫喊，他说，但是他没多想，以为是同志们玩得开心。

冻僵的浆果

黑白相间的天空仍然是空空荡荡的。那支禁歌传开了，在火车上、客车上、马车上，在撕破的大衣口袋里，在踩歪的鞋子上，也在坐在车上的阿迪娜和保尔之间。他们开车回城了。

街边村的天空是蓝色的，在禁歌的叫喊声中空空荡荡。村警重新穿上了他的裤子，帽子留在了树上。他没有收拾抽屉，只是把妻子和两个孩子的照片塞进衣服里。在村边，他穿越农田，踏上了离乡的道路。

在边界，在这个国家的另外一侧，在平地像鼻尖一样伸向匈牙利、边界栏杆依然是深色的地方，有一小块过渡区。栏杆前一辆汽车在等待。一个身穿厚毛衣的男子隔着窗户递出他的护照。边防军官检查护照：

阿伯特·卡拉卓尔尼

母亲玛格达·卡拉卓尔尼，婚前姓弗拉克

父亲阿伯特·卡拉卓尔尼

在男子把护照放进杂物箱的那一瞬间，他脖颈处的衣领里冒出一块指尖大小的胎记。栏杆升起。

窗户上面的窗帘是拉着的，房间没有锁，钥匙从里面插在锁眼上。阿比不在房间，也没有留纸条。衣橱敞开着，地毯上有一个火柴盒，一把椅子翻倒在厨房的地上，厨房桌子上有一个瓶子，里面有半瓶酒，还有一个倒满酒的酒杯。炉子上有一个锅，里面的汤已经开始发霉。

人一般不会这样出去的，保尔说，除非是被带走的。

静静的权力大街后面，咖啡厅的玻璃被子弹打碎，红色的窗帘被撕扯下来，桌子周围全是士兵。杨树尖尖地高耸，注视着下方的河水。原来钓鱼人夏天在河边垂钓的地方，现在站满了士兵，不分白天黑夜，他们不需要时间。教堂的钟楼在鸣响，却听不到自己的声音。

歌剧院和教堂之间的深绿色的紫杉被毁掉了，店铺的橱窗粉碎了，空空荡荡的。墙上的弹孔密密麻麻，如同黑色的会飞的石子。

教堂的台阶上摆满了细长的黄蜡烛，它们如同风一样歪歪斜斜地摇曳。长长的红色丁香花和短短的白色仙客来被无数的鞋子踩踏，但是还没有枯萎。坦克和士兵把守在台阶前。侏儒坐在道边石上，身旁是一个木十字架，手臂上裹着一个黑色的袖标。他伸出腿，破裂的砖头在望着人行道。他在卖黄蜡烛。十字架上挂着一个死者的照片，一个年轻的脸庞，下巴上有一个小疙瘩，嘴巴在微笑，在永远地微笑。阿迪娜闭上眼睛，一个身上有枪眼的天使在朝画面外微笑。保尔把脸凑到照片近前。他的脚边坐着一个裹得严严实实的女人。她面前的一块布上有蜡烛在燃烧。她在吃一个没有煮硬的鸡蛋。她用手指尖捅进蛋黄，然后舔指尖。她的手、嘴角和蛋黄、蜡烛一样黄。她把手指在大衣上蹭干净，给阿迪娜和保尔递过去两根蜡烛。

我从不祈祷，阿迪娜说。保尔点燃了一根蜡烛。

歌剧院厚厚的木门上挂着照片。保尔抬起手，越过一个老人的皮帽子。他的手指在触摸照片。这是帕弗尔的脸，嘴在微笑，衬衣领子的上方有一个胎记。在最下面，阿迪娜的手指触摸到一张脸，这是那个朝河里撒尿并且完事后沿着河边走的那个静静的男人。照片下的文字：是他们开的枪。

他们都是朝天开的枪，戴皮帽子的老人说，但是天在人的胸腔里。

窗帘紧闭着。他们在这里待过，保尔说。房门是锁着的。衣橱敞开着，衣物散乱在地上，有书，餐巾，枕头，被子。厨房的地砖上有唱片，它们已经破碎，是被鞋子踩碎的。

阿迪娜打开房门。卫生间的门是开着的，水池是空的，抽水马桶里没有葵花子壳。衣橱是关着的。

阿迪娜的鞋尖下，狐狸尾巴离开了狐狸皮，然后是一条腿，两条腿，三条腿。

然后又是一条，第四条腿。

阿迪娜用指尖把尾巴移到狐狸皮上，然后是右后腿，左后腿，然后是右前腿和左前腿。要按照这个顺序，她说。保尔检查地板。地上没有一根狐狸毛。

我可以住在这儿吗？保尔问。

阿迪娜站在浴缸前，水龙头在放热水，镜子上蒙了一层水汽。她脱下衣服，把手伸进水里。她关上水龙头，重新穿上衣服。房间里，电视机传出说话声。

我在卫生间里看见了我白白的肩膀，浴缸，还有白色的水汽，我现在不能脱衣服，她说，我现在不能洗澡。她在旅行包里翻找，指甲剪在最下面。

床还没有暖和起来，睡眠就已经闭合了大脑。阿迪娜和保尔进入睡眠时带着的是同样的弹孔密布的画面，画面撑开了颅骨，因为它比头颅大。

我像爱我的孩子一样爱着你们，独裁者的夫人对着房间说。他在点头，他看见了桌子上阿迪娜手边的指甲剪，他把他的黑色皮帽拿到额头上。他戴上这顶帽子，几天来一直是这同一顶帽子。然后荧光屏上有子弹飞过，落在一个兵营的墙壁上，落在兵营里最肮脏最赤裸的角落里。

墙壁被子弹打烂，空空荡荡。

两个老农民躺在地上，鞋底对着房间。围着他们的头站着一圈沉重的士兵皮靴。她的真丝头巾从头上

281

滑到了脖子上，他的皮帽子没有滑，这是第多少顶帽子，这是最后一顶，最后相同的一顶。

你能把这两个尸体打开吗？阿迪娜问。保尔打开又闭上指甲剪。这样不好，这不是等于在往我的爸爸和妈妈的身体里面看吗？保尔说。我爸爸经常打我，我怕他。只有在吃饭时看见他手拿面包的姿势，我的害怕才会消失，因为这个时候他和我一样，我们是同样的。但是每当他揍我的时候，我怎么也想象不出来，他吃饭用的也是这只手。

保尔因多日的疲惫而深深地喘气。在别人是心的地方，在他们那里就是坟墓，阿迪娜说，他们的太阳穴之间布满了死去的人，麻麻点点，布满血迹，如同冻僵的浆果。保尔擦去眼睛里的泪水。他们让我恶心，但是我却忍不住为他们哭泣，这种同情是哪儿来的？他问。

枕头上的两个头，因睡眠而分开，头发下面是耳朵。在睡眠的上方，在城市的后面，一个轻松但却伤心的日子正在等待。冬天，温暖的空气。死去的人已经冰凉。阿比厨房里那杯满上的酒已无人能将它喝干。

隔着几条街远的地方，克拉拉在睡觉，带着同样的弹孔密布的画面。睡的当中有电话响起。被泡得肿大的红色丁香在黑暗中，花瓶里的水在闪光。我在维也纳，帕弗尔说，过一会儿会有人来给你我的地址和护照，你必须马上过来，我在这儿只待很短的时间。

陌路人

被灯光照亮的窗户在行驶，在来回摇摆，在轨道上前行。黑暗的街道上偶尔会冒出一点灯光。窗户后面的人还没有睡，窗户里便会有灯光。凡是现在还没有睡的人，都是必须到工厂上班的人。扶手吊环在柱子上来回晃悠，侏儒坐在门口。铁轨发出咯吱的声音。克拉拉的身旁站着一个抱孩子的女人。每到一站，车门都会发出咣当的响声，孩子都会发出一声叹息。侏儒闭上眼睛，车门打开，没有人上车，只有随风卷进的沙尘。人们看不见沙尘，沙尘像面粉，但是是黑色的。人们可以听见它在地上发出的沙沙声。

在一个街角，栅栏一直延伸到铁轨旁，树枝可以擦刮到明晃晃的车窗。一个孩子站在街角用心不在焉的嗓音对着车厢唱歌：

卖房子卖田地，这个念头
挥之不去

　　母亲低下头，看着空空荡荡的地面，侏儒低下头，克拉拉低下头。鞋子底下，铁轨在跟着唱歌。扶手吊环在晃悠，在倾听。

　　工厂大门的大喇叭哑了。虎皮猫坐在大门口，它的眼睛里有绿色的锡纸。车间里的口号不见了，它们在院子里。侏儒走进铁丝卷，他的破碎的砖头发出踢踏踢踏的声响。虎皮猫跟在他后面跑。

　　格里高当上了厂长，工段长当上了厂长，门卫当上了仓库主任，工段长当上了门卫。

　　克里足死了。

　　在同一天早晨，过了一个小时，当外面渐渐亮起来，当住宅楼在灰蒙蒙的天空下变成一群群的人，阿迪娜朝学校走去。破碎的电话亭里有一块面包皮。街边有一大卷铁丝。院子里的木棚前，地上有一根空空荡荡的铁链，那只叫奥尔嘉的狗不见了。

校园内最肮脏最赤裸的角落里有一面墙，墙前有一座小山，一半是丝织的带子、黄色的流苏和肩章，另一半是纸头、口号、国徽以及印有讲话和照片的宣传册和报纸。

两眼分得很开、太阳穴细长的那个孩子把一张照片蒙在脸上。照片上有额头上的卷发和眼睛中的黑色。额头上的卷发能够到孩子的鞋子。相框不要烧，女佣的女儿说。她把额头上的卷发从相框里撕下来，说，我妈妈独自留在了军官的房子里，军官被捕了，他的妻子藏起来了。双胞胎拿来一个篮子，里面有少先队的红领巾和黄色真丝穗的少先队红旗。

女佣的女儿把火柴放在小山上，放在有纸头的那一半上。火焰迅速向上舔舐，硬纸头卷曲成波浪形，如同灰色的耳朵。这一天我等了很长时间，女佣的女儿说。软纸头被烧化。阿迪娜说，在你身上我没看出来。双胞胎把燃烧的真丝穗子插在一根棍子上，在校园里跑来跑去。我有什么办法，女佣的女儿说，我只能沉默，我有孩子。风将烟雾吹过墙壁。两眼分得很开的孩子站在阿迪娜的身旁，倾听着。

我知道，阿迪娜说，男人有老婆，老婆有孩

子，孩子有饥饿。女佣的女儿将一绺头发含在嘴里，看着已经烧得半焦的小山。现在一切都过去了，她说，我们还活着，下个星期我去看你。

女佣的女儿当上了校长，校长当上了体育老师，体育老师当上了工会主任，物理老师当上了改革和民主负责人。

清洁工带着扫把走进过道，把原来挂照片而现在空空荡荡的墙壁掸干净。

城里有一张照片，是你的那个好人开的枪，那天正好是你的生日。即便那天我在这里，我也不会送你任何礼物，没有鞋子，没有衣服，没有裙子。我连苹果都不会送你。阿迪娜倚在大门口，校园在冒烟。如果人们相互连礼物都不能送，她说，那大家彼此就是陌路了。

他没有开枪，克拉拉说，他在国外。她的眼帘闪烁着灰光。我有一本护照，她说，我该怎么办？她的睫毛浓浓的，长长的，很安静。

你是一个陌路人，阿迪娜说，你在这儿没什么好办的。

在五层楼上面可以看见，冬天温暖的下午时光正在移向体育场的土墩子。阿迪娜和女佣的女儿的目光追随着移动的时光。桌子上有一瓶酒和两个杯子。阿迪娜和女佣的女儿碰杯，干杯。两个杯子各有一滴酒滴在地上。

女佣的女儿带来了自己的女儿，两岁半。她坐在地毯上用狐狸尾巴抚摸自己的脸蛋。她在自言自语。阿迪娜又给自己倒满一杯。栗红色波浪长发的女街坊站在敞开的窗户前。

这只猫有一撮小胡子，孩子说。在她的指尖下，狐狸的头和脖子分开了。孩子把狐狸头放在桌子上。

阿迪娜再一次感觉到头里有一种声音，就像折断了一根树枝，但是不一样。

女佣的女儿举起酒杯。

没关系

最后一座桥的后面，岸边没有了石板、长凳、杨树和士兵。

盒子最下面是狐狸腿，中间是肚子和尾巴，上面是头。盒子是克拉拉的，阿迪娜说，有一次我们一块儿从城里回来，她买了一双鞋，当时就穿上了。保尔用手指在盒盖的中间戳了一个洞，说，这儿放蜡烛。

他盖上盒子。

我原来想保存它的，阿迪娜说，在桌子边，在衣橱前，在床上，我没有害怕过它。保尔把蜡烛插进洞里。还有头，阿迪娜说，狐狸永远都是猎人。蜡烛在燃烧，保尔把盒子放到水上。

然后松手。

然后抬头仰望天空，说，阿比正趴在上面，看着我们。他接着说，没关系，没关系。他哭了。蜡烛明晃晃的，如同一根手指。也许伊利杰是对的，他说。

夜色在蔓延，鞋盒在漂浮。

在这片国土的深处，在平原的尽头，在每个人认识每一条路的地方，在脚尖在同一个夜晚刚好能达到的地方，伊利杰正横穿田野。他穿着他的士兵军服和笨重的鞋子，只有一件小行李。火车站孤零零的，小城的灯光在天空折断的地方闪烁，它们一排排地排列，像边境的栏木。边境不远了。

候车室没有了墙报。空箱子里的玻璃杯后面还积留有夏日的尘土。车站售票员在吃葵花子。

去泰梅斯瓦[1]，伊利杰说。

售票员把瓜子壳隔着窗户吐出来，问，来回票？

不，单程，伊利杰说。他的心在怦怦跳动。

光秃秃的灌木丛紧紧地贴伏在体育场的土墩子上。最后射出的球已经被忘却，那支禁歌已唱遍全国。传唱开了以后，它现在反而有了哽喉的感觉，

1　罗马尼亚城市，1989 年齐奥塞斯库政权在这里被推翻。

于是它哑了。因为坦克还守候在城市的各个地方，面包店前的队伍依旧长长，长跑运动员依旧在土墩子的上方迈着赤裸的双腿跨越城市，一件大衣套进了另一件大衣里。

图书在版编目（CIP）数据

狐狸那时已是猎人 / (德) 赫塔·米勒著；刘海宁
译. -- 贵阳：贵州人民出版社, 2021.3（2022.10重印）
ISBN 978-7-221-16176-5

Ⅰ.①狐… Ⅱ.①赫… ②刘… Ⅲ.①长篇小说—德
国—现代 Ⅳ.①I516.45

中国版本图书馆CIP数据核字(2020)第154830号

Title of the original German edition:
Author: Herta Müller
Title: Der Fuchs war damals schon der Jäger
©2009 Carl Hanser Verlag GmbH&Co.KG, München
Chinese language edition arranged through HERCULES Business & Culture GmbH,Germany
本中文简体版版权归属于银杏树下（北京）图书有限责任公司。

著作权合同登记图字：22-2020-123号

狐狸那时已是猎人
HULI NASHIYISHI LIEREN

著　　者：〔德〕赫塔·米勒
译　　者：刘海宁
出 版 人：王　旭
选题策划：后浪出版公司
出版统筹：吴兴元
责任编辑：黄　冰　张　晓
特约编辑：赵　波
编辑统筹：朱　岳　梅天明
出版发行：贵州出版集团　贵州人民出版社
地　　址：贵阳市观山湖区会展东路SOHO办公区A座
邮　　编：550081
装帧设计：墨白空间·黄海 | mobai@hinabook.com
印　　刷：天津联城印刷有限公司
开　　本：880毫米×1194毫米　1/32
印　　张：9.5　字数：140千字
版次印次：2021年3月第1版　2022年10月第3次印刷
印　　数：9001-12000
书　　号：ISBN 978-7-221-16176-5
定　　价：60.00元